tudo o que

posso te

contar

tudo o que posso te contar

cecilia madonna young

1ª edição

EDITORA RECORD
RIO DE JANEIRO • SÃO PAULO

2023

© *2023 by Cecilia Madonna Young*

Todos os direitos reservados. É proibido reproduzir, armazenar ou transmitir partes deste livro, através de quaisquer meios, sem prévia autorização por escrito.

Pedimos a nossos leitores e leitoras que estejam cientes dos possíveis gatilhos emocionais que o conteúdo deste livro possa suscitar e que cuidem de seu bem-estar emocional.

CIP-BRASIL. CATALOGAÇÃO NA PUBLICAÇÃO
SINDICATO NACIONAL DOS EDITORES DE LIVROS, RJ

Y67t

Young, Cecilia Madonna
Tudo o que posso te contar / Cecilia Madonna Young. - 1. ed. - Rio de Janeiro : Record, 2023.

ISBN 978-65-5587-880-6

1. Young, Cecilia Madonna - Diários. I. Título.

23-86468

CDD: 920.72
CDU: 929-055.2 (81)

Gabriela Faray Ferreira Lopes - Bibliotecária - CRB-7/6643

Texto revisado segundo o Acordo Ortográfico da Língua Portuguesa de 1990.

Direitos desta edição adquiridos pela
EDITORA RECORD LTDA.
Rua Argentina, 171 – Rio de Janeiro, RJ – 20921–380
Tel.: (21) 2585-2000.

Seja um leitor preferencial Record.
Cadastre-se no site www.record.com.br
e receba informações sobre
nossos lançamentos e nossas promoções.

Atendimento e venda direta ao leitor:
sac@record.com.br

Impresso no Brasil
2023

para minha mãe e meu pai
(que eles saibam que nada
disso foi culpa deles)

sumário

introdução	9
primeiro diário	19
segundo diário	45
terceiro diário	67
quarto diário	85
quinto diário	99
sexto diário	135
sétimo diário	153
oitavo diário	183
nono diário	249
décimo diário	285
fim	355
epílogo	361

introdução

10 de agosto, 2022

Cresci. Estou me tornando uma mulher adulta – com questões, respostas e, o mais assustador, uma vida. Não sei se isso é algo que seria correto dizer tão abertamente, mas não gosto do fato de que o tempo passa e que estou me tornando um outro além de quem já sou agora. Isso me apavora mais do que tudo neste mundo. Sei que esse é o ciclo da vida, mas odeio pensar que faço parte desse grande universo. Um pequeno fragmento com uma personalidade que está toda hora sendo definido e redefinido pelas minhas ações. Que horror.

Não quero me tornar alguém que faz coisas e segue caminhos e trajetórias. Fico apavorada. Talvez isso faça de mim uma pessoa com desejo de morrer – de não estar mais aqui. E quer saber? Sim, confesso que já pensei nessa alternativa mais vezes do que seria considerado clinicamente aconselhável. Já pensei em jeitos, já cheguei a me preparar e almejar que isso acontecesse... E esse pensamento me aliviou diversas vezes do fardo de ser. Claro, nunca tive a coragem de agir – nunca teria a pachorra de fazer essa sacanagem com a minha família. Nós já passamos por merda o bastante para uma vida inteira de traumas. Mas pensei. Claro que pensei. Mentir sobre isso a essa altura do campeonato é mais humilhante do que confessar que, sim, já considerei o suicídio.

E por que é que estou te dizendo tudo isso? Porque tive a péssima ideia de rever todo esse meu crescimento indesejado. Por quê? Bom, sei lá. Para ajudar alguém, para ajudar a mim mesma... O que você acreditar que fica mais bonito no meu currículo. Mantenho diários desde o final de 2019. Não lembro por que decidi fazer isso. Sempre

escrevi, mas colocar meus pensamentos no papel parece
uma herança maldita e, de certa forma, perigoso. Um diário
físico pode ser deixado em lugares, espiado por terceiros
e até usado contra quem o escreveu. Pode me chamar de
paranoica, mas sou uma pessoa que dificilmente compartilha
qualquer coisa com os outros e se expõe, então pensar que
alguém pode ler os meus pensamentos é o mais próximo do
que imagino ser o inferno.

Bom, vou encarnar a burra da Eurídice e me
colocar voluntariamente nos quintos dos infernos: vou rever
todos esses diários e compartilhá-los. Pois é, decidi tentar
transformar essa viagem ao meu passado recente em livro.

O que vou rever são escritos muito íntimos.
Pense sobre isso – um diário pessoal é o local que mais
explicitamente informa sobre uma pessoa. Os escritos de
um diário são frutos de pensamentos momentâneos, às vezes
vergonhosos, e nitidamente secretos. Por que diabos eu
estaria almejando expô-los em um livro que pode ser lido
por qualquer um, a qualquer momento? Porque preciso me
entender – simples assim. Estou no quarto ano da faculdade
de jornalismo; já aprendi muito sobre como o ser humano
se comunica e funciona. Porém, em meio a tudo isso, eu
me esqueci de tentar me entender. De tentar entender uma
essência do ser humano que caiba além de uma manchete ou
nota de jornal. De entender o ser humano com o objetivo de
amá-lo de alguma maneira. Não sei se deu para perceber até
agora, mas eu não consigo me amar de jeito nenhum.

Por isso, este vai ser um livro de jornalismo
investigativo. Talvez um jornalismo um tanto inconvencional,
mas com a mesma quantidade de mistério e interrogações que
qualquer outra produção do gênero. É uma investigação da
psique humana a partir de um material muito pessoal; uma

tentativa de assimilar a própria existência. Assim talvez a minha vida se torne menos um fardo e mais uma aventura. Talvez eu consiga acordar de manhã e ver o dia como uma possibilidade, e não um desafio. Talvez consiga me livrar desse ódio interno que, em meus 22 anos, cultivei e enraizei dentro de mim.

Acho que, finalmente, chegou a hora de me apresentar. Me chamo Cecilia. Sem acento. Sempre coloquei acento, mas fui checar na minha certidão de nascimento e lá está simplesmente Cecilia. Sem acento. Cecilia Madonna Young Machado. Sim, o Madonna é por causa da cantora (por muito tempo odiei isso porque pensava que me destacava mais do que conseguiria aguentar).

No dia 25 de agosto de 2019, eu perdi a minha mãe. Não quero entrar em detalhes do como ou do porquê – meu cérebro ainda não conseguiu assimilar o fato como um acontecimento palpável, com motivos e maneiras de ser evitado. O importante é que preciso que você guarde na sua cabeça: minha mãe morreu e, por causa disso, minha vida parou. Não que antes desse acontecimento eu tivesse uma grande, bombástica e maravilhosa vida, mas é como se a minha vontade de ser alguém além de quem eu já era naquele momento tivesse se dissipado junto com a minha mãe.

Para piorar a situação, no começo de 2020 o mundo se deparou com uma pandemia que distanciou todos da rotina normal por quase dois anos. Então, sim, qualquer mínima força de vontade para atravessar o luto de uma forma saudável e produtiva foi por água abaixo. Não era só eu que estava sofrendo a dor de uma perda imensurável, o mundo inteiro estava passando por isso também.

Como qualquer outro ser neste planeta Terra, esses três anos me fizeram mudar de maneira quase ironicamente trágica. Não sei como definir para você o que mudou em mim exatamente nesse meio-tempo – do dia da perda da minha mãe até hoje, dez de agosto de 2022 –, então vou colocar de modo bem clínico: no começo do primeiro diário, estava tomando 0,5 mg de Lexapro; hoje, estou tomando 225 mg de Zoloft, 0,5 mg de Rexulti e 0,25 mg de Frontal. Com uma caixinha de Risperidona para me ajudar nos momentos mais difíceis (que, ultimamente, têm sido de uma frequência quase excessiva). Será que horrorizei alguém falando isso? Sinto que o assunto "remédios para a cabeça" assusta as pessoas, quase como se as drogas fossem ilegais. Eu, talvez errônea e inocentemente, gosto de tomar remédios. Não tenho a confiança necessária na minha própria mente para lidar com a vida sem a ajuda médica e controlada de uma pílula. Essa frase foi problemática? Me desculpa. Não se preocupe. Eu não sou totalmente desequilibrada. Às vezes perco a razão, mas tenho noção do que devo e não devo fazer. Sinto culpa demais para fazer algo que poderia arruinar a vida de alguém que se importe comigo. Só estou dizendo que não tenho vergonha ou medo de tomar remédios que possam me ajudar a conseguir ver o mundo de maneira um pouco mais lógica e sensata do que a que a minha cabeça me permite.

Nomear os remédios que tomo é o bastante para você me entender? Posso até colocar aqui a bula de cada um, se for necessário. Não acho que seja. E, além do mais, não quero que isso se torne uma autobiografia deprimida e cheia de aleatoriedades. Não tenho autoestima para achar que contar a minha história simplesmente tenha alguma importância para alguém. Pensar em escrever um livro sobre mim me dá vontade de vomitar. Credo. Mas, como te disse, o que quero fazer é um trabalho de jornalismo investigativo nos meus diários.

Write what you know, disse Mark Twain. Conhece-te a ti mesmo, pensou Sócrates. Every single night's a fight with my brain, cantou Fiona Apple. Não é nada novo para o ser humano a questão do autoconhecimento, ainda mais para uma jovem. E tampouco são inéditas a negação e a ocultação constante da solidão e suas assombrações. Por que é que, então, esse não poderia ser um assunto investigado pelo jornalismo?

Joan Didion, em seu ensaio "Sobre ter um caderno", diz que o ato de escrever e anotar tem como objetivo principal a lembrança – a lembrança do que "era ser eu". Ou seja, você escreve para que, em algum momento futuro, consiga reconhecer quem você era. O tempo é cruel... Ele passa mais rápido do que deveria e nos dá mais informação do que somos capazes de absorver. Escrever é manter a história viva – não só a sua, mas a de todos ao seu redor. Jornalismo é sobre contar histórias. Contar – ou melhor, procurar entender – a sua própria história é uma tentativa de se encontrar e, talvez, assim não mais se sentir tão sozinha.

Para entender melhor como eu faria esse "estudo", cogitei apelar para outras áreas, como a história. Conversei com um amigo historiador, bem mais velho, que rapidamente me corrigiu: a pesquisa histórica não seria o jeito certo para esse tipo de análise. "Eu iria pelo que você tá fazendo, presta atenção em você." Ele levantou três perguntas para serem respondidas: Por que estou escrevendo este livro? O que é este livro? Aonde quero chegar com ele?

Sei que o que procuro fazer é, inegavelmente, uma investigação mais interior do que exterior. Mas mesmo sendo algo muito pessoal, pode ser importante para quem já tenha se sentido solitário ou confuso como eu. Não procuro escrever apenas sobre mim, e sim sobre sentimentos que podem ser universais.

Muitas vezes, vejo pessoas que se encontram em um limbo de culpa e tristeza por achar que não se encaixam em determinados lugares ou grupos sociais. Todo mundo que é e que um dia foi jovem conhece esse sensação. Então, por que temos tanta dificuldade de falar sobre isso? Não é o bastante ler Emily Brontë ou Sylvia Plath para se sentir menos sozinho. Não dá apenas para se afogar nas mágoas de filmes da Sofia Coppola e da Nora Ephron. Acredite, eu tentei.

É preciso algo mais palpável, mais próximo, mais real. O objetivo desta pesquisa interna é também servir de acolhimento para quem procura a cumplicidade silenciosa. Depois de todo esse tempo "trancados", acho coerente e necessário que jovens perdidos que estão entrando na vida adulta busquem esse vínculo. Não falo do contato humano em sua forma mais espalhafatosa, como o retorno daquelas grandes festas e celebrações. Falo do contato humano na delicadeza da solidão. Sobre saber que suas "estranhezas" não são absurdas ou anormais.

Não me vejo como a voz da geração. Credo. Aliás, deixei muitos problemas pelos quais todos nós passamos de fora deste livro. Um exemplo é o amor romântico e o desejo sexual. Não quero que você ache que nunca passei por tais sentimentos – o fato é que, naquele momento, não via esses assuntos em primeiro, segundo, nem sequer em terceiro plano na minha existência. Tem gente que esconde a falta de amor-próprio no amor pelo outro. No meu caso, não me imagino permitindo alguém se interessar por mim – essa monstruosidade que vejo à minha frente. É um problema que encontro de tempos em tempos. Além disso, estávamos em uma quarentena. Isso não quer dizer que não me deixei levar por devaneios dignos de comédia romântica – você pensa que não fiz pelo menos umas dez mil maratonas de filmes com atores que representam perfeitamente "o meu tipo"? Escrevi sobre isso e mais e mais nos meus diários, mas esse assunto é embaraçoso demais para compartilhar com você! Posso te contar em detalhes meus pensamentos suicidas, mas é difícil me abrir sobre questões sexuais – morro de vergonha! Pergunte aos meus amigos, minha vida sexual é um mistério. That's a secret I'll never tell. Não porque seja para lá de escandalosa, é porque não vejo nada tão vergonhoso quanto compartilhar esse tipo de informação. Prefiro ficar quieta e escutar. Talvez essa seja a escritora dentro de mim.

Outra coisa que deixei passar foi a minha vida acadêmica. Blá-blá-blá. Que grande tédio. Quem quer saber dos detalhes do meu curso de jornalismo? Me lembro de que em *Franny e Zooey*, do J.D. Sallinger, tem uma frase que questiona a verdadeira importância de estudos acadêmicos. Quer dizer, não me lembro da citação exata, mas lembro que me identifiquei. Poderia ir buscar o meu exemplar do livro – tenho certeza de que marquei a frase. Mas estou com preguiça, ou melhor, estou com aquela ansiedade que paralisa. Impossível levantar de onde estou sentada com o computador no colo. Se quiser tanto saber o que ele diz, vai ler o livro. Eu recomendo.

Enfim, voltemos para o que estava tentando dizer originalmente.

Não quero te dizer que o que passei é de qualquer maneira universal ou habitual, mas acho que, revendo os meus diários, vou encontrar algo que possa conversar com a dor que é ser jovem. Não sei quem é você que me lê nem sequer se terei leitores, mas talvez este livro chegue a alguém que precise de um amigo. Espero conseguir ser esse seu amigo. Me desculpa, porque esse vai ser um diálogo mais unilateral do que deveria. Espero que você se sinta acolhido de alguma maneira com este livro.

primeiro diário

sem data

Outro dia eu sonhei com a mamãe. Não foi nada tão sério e ela nem aparecia no sonho, mas ele tava repleto de pequenos elementos que me lembravam dela. No sonho me chamaram de Bijuzinha, me deram objetos dela, falaram das minhas pernas fortes, como eu parecia uma espanhola... Várias coisas que ela fazia que eu morro de medo de um dia esquecer. Nossa, tá doendo tanto escrever isso. Acho que a maior parte do tempo guardo todas as minhas lembranças dela numa caixinha mental em que eu tento ignorar para conseguir continuar vivendo. Eu acordei chorando do sonho. Não só chorando, mas soluçando. Sexta eu vou para Gonçalves — o lugar que ela passou as últimas dias dela e o lugar em que eu sempre tenho sonhos realísticos demais. Espero que você não entenda errado, mas não quero sonhar com ela. É ainda cedo demais. Acho que nenhum de nós está pronto para ver ela tão claramente. Sei que papai, Teté e titia já devem ter sonhado com ela também, mas será que foi bom para eles?

SOU O BIGODE DO SEU GATO, MEU GATO É VOCÊ, SOU O SEU BIGODE. EU TE GUIO ATÉ A PORTA. MAS SE A PORTA ESTIVER FECHADA, NÃO POSSO TE FAZER PASSAR.

Esquecer é foda. Iniciar esse meu estudo com essa frase é irônico – estou fazendo tudo isso justamente para não esquecer. Lembrar para entender. Faz sentido? É engraçado porque grande parte de mim espera esquecer, sente que, se esquecesse, a vida seria mais fácil. Se esquecesse de todos os anos de bullying, com certeza não teria tanto medo do que os outros pensam de mim. Se esquecesse do dia da morte da minha mãe, não viveria nesse trauma que parece bater nos momentos mais inoportunos.

Ainda assim, morro de medo de esquecer. Sinto que, ao longo do tempo, o esquecimento só vai crescer mais e mais. Claro que nunca vou me esquecer da minha mãe, estou a toda hora sendo lembrada dela – seja por homenagens de pessoas online ou por uma peça de roupa que encontro no fundo do armário. Ela sempre está lá. Acho que o tipo de esquecimento que mais me assusta é o esquecimento do ordinário, das pequenas coisas que, mesmo não parecendo tão importantes assim, estavam ali. Me parece que eram essas coisas que estavam presentes nesse meu sonho.

Eu ainda sonho com ela – não é mais um susto. Ela sempre aparece viva e isso já não me traz mais nenhum sentimento tão forte. O que antes me fazia acordar em pânico agora só me dá um leve aperto no coração. É como aquela sensação que dá quando você tropeça, sabe? Você pensa consigo mesmo "toma mais cuidado, sua idiota" e continua sua vida. Só isso; nada mais, nada menos.

É engraçado que eu tenha escrito que tento ignorar essa caixinha mental de memórias dela. Hoje, essa é a última coisa que gostaria de fazer. É, na verdade, bem reconfortante lembrar das pequenas coisas.

Por outro lado, me pergunto se é bom lembrar as pequenas coisas, ou se isso só faz o ser humano ter mais uma pequena e inútil fonte de dor. Só uma pequena recordação detalhada do que perdemos e de como nada nunca mais será o mesmo. Será que esse meu medo de esquecer é uma forma de me machucar mais ainda? Não seria melhor esquecer? Esquecer o que perdi? Será que o cérebro não usa esse mecanismo da memória como uma autossabotagem eficaz? Não sei se digo isso de modo negativo ou positivo. É difícil entender se o poder da memória é bom ou ruim.

      "Sou o bigode do seu gato, meu gato é você, sou o seu bigode." Encontrei essa frase na caligrafia da minha mãe em uma folha solta no quarto dela. "Eu te guio até a porta. Mas se a porta estiver fechada, não posso te fazer passar." Nunca tentei descobrir de onde veio. Tudo que encontro dela parece deixado de propósito, como um ensinamento ou um tesouro que ela fez sabendo que eu iria precisar. Não consegui encontrar a frase online em nenhum lugar, então imagino que tenha vindo da cabeça dela.

      Sou o seu bigode. O que é um bigode? Para que serve? Não pode ser só um pelo aleatório que cresce no focinho do gato. Não me lembro do propósito de um bigode, mas sinto que deve existir um. Vou pesquisar. "O bigode auxilia no equilíbrio e tem função sensorial." Me pergunto se mamãe sabia disso quando escreveu ou se só decidiu que bigode seria uma coisa peculiar o bastante para se colocar em um texto. De qualquer jeito, ela definitivamente auxiliava no meu equilíbrio. Esse é meio que o propósito de uma mãe, não? Te manter em pé até você aprender a ter o próprio equilíbrio. Não sei se tinha encontrado o meu equilíbrio antes dela partir.

      O papel onde encontrei essa frase acompanha um desenho:

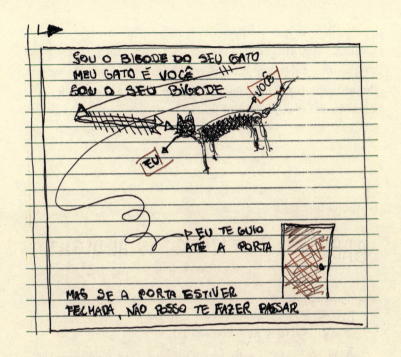

 Esse desenho me faz sorrir. A setinha indicando "eu" e "você" principalmente. É um recorte do que imagino ser uma ilustração maior, gostaria de conseguir ver o resto. São engraçadas as coisas novas que você descobre sobre uma pessoa depois de perdê-la. Me pergunto se, quando for minha vez de ir, alguém vai se dar ao trabalho de descobrir mais sobre mim. Haverá o que descobrir? Não sou nem 0,0001% tão interessante quanto a minha mãe era. Bom, dane-se, né? Isso não é sobre mim – é sobre minha mãe. É sobre como ela deixou esse mundo com muita coisa, mas também deixou muito a ser feito. Ela ainda tinha tempo de fazer tanta coisa maravilhosa, tantos outros desenhos engraçadinhos com frases enigmáticas… Me dói pensar que lhe tiraram essa oportunidade. É injusto.

Será que as aparições nos meus sonhos são o seu modo de continuar o que ela nunca poderia ter parado? Será que a sua genialidade era tão grande que ela consegue agir de onde quer que esteja agora? Onde ela está? Ou melhor, será que ela está em algum lugar?

O que imagino ser alguns dias depois, escrevi uma pequena lista de músicas no diário:

BABY, EVERYTHING IS ALRIGHT

- Grazing in the Grass (The Friends of Distinction)
- Twenty Flight Rock (Eddie Cochran)
- Ooby Dooby (Roy Orbison)
- Judy in Disguise (with Glasses) (John Fred & His Playboy Band)
- Speedo (The Cadillacs)
- Elenore (The Turtles)
- Hey Little Cobra (The Rip Chords)

Baby, everything is alright. Me conhecendo, tirei essa daquela música do Stevie Wonder. "Baby, everything is alright. Uptight, out of sight." É bem provável que eu tenha feito isso para me animar de alguma maneira. Acho que faço isso por causa do amor pela música que foi enraizado em mim desde muito cedo. Sempre acreditei no poder da música para mudar o humor de qualquer um.

Vou ser honesta, normalmente utilizo desse poder para me deprimir ainda mais. AMO músicas deprimentes – o que acredito que vai ficar bem claro durante todo este "estudo antropológico" dos meus diários.

Mas, por algum motivo, nesse dia fiz uma lista de músicas relativamente positivas. Ou melhor, animadas ritmicamente. Vamos escutar todas agora.

"Grazing in the Grass" é quase animada demais; um singelo exagero que aposto ter sido criado em um rompante de pura euforia de alma. No momento em que escrevo isso, estou com um enjoo e um mau humor fora desse planeta, então, realmente não estou suportando esse tipo de animação excessiva. Por isso, não me conecto minimamente com o que essa está falando.

"Twenty Flight Rock", "Ooby Dooby", "Speedoo" e "Hey Little Cobra" são mais amigáveis e aconselháveis para o estado mental em que me encontro agora. Dá vontade de ser a menina mais bonita de uma pequena cidade estadunidense nos anos 1950, girando pela pista de dança com uma saia de tule. Nada mais importa. Imagino que devo ter pensado exatamente nisso quando as adicionei a essa pequena lista. Não seria a primeira vez que estaria romantizando uma época que não vivi.

"Judy in Disguise (with Glasses)" e "Eleonore" são músicas de personagem principal de filme – são as it girls da lista. Não há nada mais lisonjeiro do que ter uma música sobre você, ainda mais se são como essas. As duas dão aquela sensação de estar sendo observada por alguém. Não digo isso de um jeito assustador, como se fosse um serial killer observando sua vítima antes de assassiná-la. Quero dizer quando se é alguém tão cativante a ponto de estranhos te olharem e sentirem necessidade de escrever uma música sobre você, simplesmente pelo sentimento que a presença desperta. Isso me parece mágico.

Não há nada que seja melhor do que se perder em músicas, né? Digo, prestar atenção na letra que você está escutando e se perder na narrativa dela. Sou viciada nisso e, em geral, em ouvir música. Segundo a minha conta do last.fm, já escutei sessenta músicas hoje. São dez da manhã. Não sei se isso é algo para me orgulhar ou me envergonhar. Todo mundo faz isso, não?

A Universidade da Flórida tem uma disciplina chamada Music and the Brain. Segundo a matéria de jornal que li a respeito, a proposta é explorar o modo como a música afeta a função cerebral e, consequentemente, o comportamento humano. Deve ser uma teoria científica e técnica demais para ser compreendida por nós, meros mortais de ciências humanas, mas é legal saber que esse é um assunto estudado por profissionais. Talvez eu não seja tão pirada por passar as quatro primeiras horas do meu dia escutando música.

Isso porque quatro horas é a quantidade de tempo que o meu fone aguenta – eu poderia ir muuuuito mais longe que isso. Minha amiga Giovanna me falou outro dia, "você vive com esse fone dentro do ouvido". Só porque eu não tinha percebido que estava chovendo até sair de casa – obviamente estava escutando música alto demais. É um vício, mas não diria que é necessariamente ruim. Quero dizer, pelo menos bloqueia o mundo exterior, o que, às vezes, é de uma utilidade importantíssima.

Acho que todo esse amor pela música começou muito cedo, com o meu pai colocando minha irmã e eu para assistir à MTV quando ainda usávamos fraldas. O que isso fez com as minhas ligações cerebrais? A minha aposta seria de que me fez ver o mundo como um grande clipe de música. Aliás, justificaria minha obsessão estranha por musicais. Na minha opinião, qualquer coisa pode ser muito mais bem explicada a partir de uma apresentação coreografada e cantada. Imagino que muita gente deve discordar de mim. Foda-se.

"Que indecência é essa?" era o que a minha mãe perguntava quando chegava em casa e se deparava com suas duas filhas pequenas na frente da televisão assistindo àqueles clipes totalmente absurdos e obscenos do começo dos anos 2000. Ela achava uma afronta meu pai colocar seus dois bebês preciosos para assistir a "mulheres balançando a bunda para a câmera" (palavras dela, não minhas). Bom, não é como se estivéssemos entendendo o que estava acontecendo.

Acredito que meu pai estava apenas tentando colocar na gente o mesmo amor pela música que ele tem. Ele com certeza conseguiu. Minha irmã arranjou um namorado baixista de uma banda indie, e eu passo as primeiras quatro horas do meu dia escutando música igual a uma louca dissimulada. Cada uma com a vida que merece.

Recurrent nightmares; hypervigilance; irritability and anger outbursts
Depression; Dissociative reactions (flashbacks), relieving the
traumatic event; physiological reactions to cues that
symbolize or resemble an aspect of traumatic events;
Feelings of mistrust and detachment from others;
Feelings of jumpiness and being easily startled; heightened
vigilance; intense prolonged psychological distress.
TÁ VENDO, SILVIA? Mentira, ela nunca explicitamente
falou que eu não tenho stress pós-traumático. Mas,
sabe, gostaria de alguma afirmação. Eu falei
pra ela e ela não negou. Na verdade, acho que
ela já mencionou. Não me lembro. Que merda.
Agora que já fazem quase 6 meses eu tenho
começado a ter uns pensamentos bem péssimos
dela morta. Do corpo dela. Não tá legal.
E não quero perguntar pro papai ou pra Tetê.
Só escrevendo sobre isso agora já me dá um
mal-estar. Mas normalmente quando eu escrevo
sobre alguma coisa eu paro de pensar nela. Mas
acho que esse caso é mais intenso, né?
Muito mais intenso, complicado e raro. Tenho que
provavelmente aceitar o fato que isso aconteceu
e eu vou viver com essa dor pelo resto
da minha vida. Acho que agora que começou a
cair a ficha — A Silvia tinha dito que iria demorar um pouco. Seis meses é tempo o bastante? Deve ser. Não quero passar por isso agora
mas melhor fechar a ferida logo, né? Não sei
porque tô fazendo tantas perguntas nesse texto,
era mais para serem afirmações. Acho que
eu teria mais certeza se a Silvia
falasse tudo que ela acha que eu tô passando. Eu sei que ela sabe.

Bom, posso te dizer, com nenhum orgulho, que finalmente fui diagnosticada com estresse pós-traumático. Aliás, que merda, hein. Não consigo escutar certos barulhos sem sair correndo do meu quarto; acordo no meio da noite pressentindo que alguma coisa horrível aconteceu por nenhum motivo etc. É uma MERDA. Entendo o meu desespero, naquele tempo, em querer colocar um nome ao que estava sentindo – mas o diagnóstico não mudou porra nenhuma. Ainda sinto a mesma dor de antes, se não pior.

As pessoas colocam muito valor no diagnóstico e pouco no que é sentido. Sério, pensa o quão louca é essa cultura da psiquiatria. Eu pago alguém para me dizer o que está errado comigo e me prescrever um remédio. O que não consigo engolir é que nunca vou conseguir, de fato, compartilhar com alguém o que está acontecendo de tão ruim na minha vida. E quem é a minha psiquiatra para decidir algo por mim? Ela não está aqui comigo o tempo todo para ver cada instante em que meu coração, por um milésimo de segundo, para quando escuto um barulho desconhecido, ou quando acordo no meio da noite e fico com medo de dormir de novo caso algo aconteça, ou quando tudo parece tão esmagador que nem sei se vou aguentar mais um momento viva.

Não estou falando – nem de longe – que desaprovo a psicofarmacologia ou a psiquiatria – não sobreviveria nem um segundo sem os meus antidepressivos e ansiolíticos. O que estou dizendo é que o diagnóstico vindo de alguém que só conhece você por 45 minutos de consulta não vai mudar, na verdade, nada. O mesmo medo que sentia antes, ainda sinto hoje. Talvez sinta até de forma mais intensa, se é para ser honesta. Parece que tudo, ao decorrer do tempo, é colocado em uma perspectiva diferente, mais palpável.

Quer saber uma coisa que não falo com tanta frequência? Não fui ao funeral da minha mãe. Não tive a coragem. Não sei se isso faz de mim uma covarde ou uma pessoa que sabe impor os seus limites. Sei que isso é uma questão que, até hoje, me assombra de certa maneira. Foi errado não ir? Perdi a minha chance de dizer adeus? Estou sempre pensando no corpo sem vida dela. Minha irmã e meu pai tiveram a coragem de vê-lo, eu não.

Estava falando com o meu primo sobre o assunto algum tempo atrás. Ele também não foi ao funeral, e nós nunca tínhamos abertamente discutido sobre. No meio de um shopping um dia, ele só virou para mim e disse: "Acho que fizemos bem em não ir ao enterro da sua mãe." Nunca, até aquele momento, tinha falado sobre isso com alguém. Não, mentira. Tinha falado com a minha terapeuta (Silvia, que menciono várias vezes nos diários) e ela respondeu que achava que isso teria sérias consequências emocionais em mim. Bom, sim, reconheço. Tenho percebido um gosto de novalgina na boca toda vez que vejo um corpo morto ou um funeral em alguma série ou filme.

"Acho que agora que começou a cair a ficha – a Silvia tinha dito que iria demorar um pouco." Não consigo não soltar uma risada seca com essa frase. Escrevi isso aos dezenove anos e hoje, aos vinte e dois, vejo como eu era um tanto inocente, até demais. Não acho que a ficha caia um dia. Quero dizer, você com certeza se acostuma com o fato de alguém próximo ter morrido. Já não dói tanto ter que falar que sua mãe já faleceu, ou quando alguém vem conversar sobre como ela era especial. Agora consigo passar por essas situações com certa normalidade – o que antes não acontecia.

A ficha que não "cai" é a que você não tem mais ela para fofocar sobre os seus colegas de sala, ou para assistir a séries e filmes bobos quando nenhuma das duas quer fazer nada além de ficar na cama o dia inteiro, ou a possibilidade de viajar com ela para lugares exóticos e desconhecidos. Isso acabou e não vai voltar. É essa a ficha que não cai. E duvido que um dia vá cair.

Encontrei o momento que todos nós estávamos esperando(!): minha reação ao lockdown, ao fechamento da faculdade e, respectivamente, do resto da cidade. Para ser bem honesta, fiquei um tanto desapontada com a minha falta de dramaticidade ao colocar isso no diário. Esperava um soneto shakespeariano sobre como o mundo nunca mais seria o mesmo e como a minha alma jovem e inocente iria sofrer com toda essa situação. Para o desapontamento de todos, coloquei as seguintes palavras:

> Muita coisa aconteceu nas últimas 24 horas.
> 1. As aulas foram canceladas por causa do coronavírus.
> 2. A série tem que ficar mais "pesada".
> É só isso na verdade, mas os dois acabam envolvendo muita coisa. Eu to meio perdida agora. Não sei se espero os comentários sobre o piloto ou se eu já começo a mudar tudo.

Me lembro de tudo isso acontecer em uma quinta – não me lembro o dia exatamente (é feio não lembrar? Sinto que é uma data importante o bastante que deveria ser recordada com exatidão). Me lembro de que estava no escritório da minha mãe com a minha irmã, e a minha primeira reação foi mandar uma mensagem para a Lara, minha amiga, perguntando se as aulas do curso dela também haviam sido canceladas.

Por motivos egoístas, meu foco estava em outra coisa: uma série que estava desenvolvendo com a minha

irmã. Não quero entrar em detalhes, mas estávamos
trabalhando com uma produtora e aquilo me parecia
o único negócio que dava sentido à minha vida
naquele momento.

Era como se todas as dores que sofri e que estava
sofrendo pudessem ser justificadas se conseguisse dizer
tudo o que gostaria em uma série de televisão de sucesso.
Eu me sentiria menos odiada, entende? Se fizesse algo da
minha cabeça ir tão longe – longe a ponto de ser produzida
e assistida por outras pessoas –, talvez, então, eu não fosse o
monstro que acreditava ser. Ainda me sinto dessa maneira.
É como se eu precisasse fazer algo surpreendente para
conseguir forçar uma mísera quantidade de amor-próprio
dentro do meu ser.

Algum tempo depois, coloquei isso no meu diário:

Tem sido muito estranho tudo — o mundo tá basicamente parado. E eu acho que eu parei com ele. Acabei de assistir mais dois episódios de glee.

Se você me conhecesse minimamente, saberia
que assistir a *Glee* quer dizer que atingi o fundo do poço.
Em breves palavras, já tive uma relação de dependência
nada saudável com a série musical da Fox, criada pelo meu
arqui-inimigo pessoal, Ryan Murphy. Vou deixar por aí,
porque se tentar explicar mais você vai ficar entediado e eu
vou começar a chorar. Vai ficar feio para todos os envolvidos.
Talvez, em um outro momento, possamos tocar no assunto.

Amélie, como eu gostava de chamar o meu diário no
começo (sim, por causa de *O fabuloso destino de Amélie Poulain*,
sou uma completa devota do estilo de vida Manic Pixie Dream
Girl), tinha de ser contextualizada sobre a situação em que me
encontrava. Esse foi o jeito que decidi fazer isso:

de verdade QUARENTENA eu não
dessa vez estou exage-
rando!

Pois é. Foder. Por isso que eu
não tenho escrito muito, Amélie.
Foder geral no mundo todo.
Tá tudo fechando, ninguém
na rua, celebridades postando
vídeo cantando achando que isso
vai ajudar alguma coisa...
Tá muito estranho. Tô até
tendo aula online. Que, na
verdade, é meio legal. Pelo
menos tá sendo uma expe-
riência mundial, sabe? Todo mundo
tá passando por isso.

Há muito o que ser destrinchado nesse registro:
por que é que coloco bandeirinhas festivas embaixo de
"quarentena"? Estava realmente começando a perder o
juízo por completo. E adoro o fato de enfatizar que não
estava exagerando – será que achei que, no futuro, pareceria
que estava mentindo ao falar sobre a quarentena? O que
estava passando pela minha cabeça? E o "de verdade dessa
vez", que vergonha de mim. Será que considerei que as
primeiras semanas haviam sido apenas um treino? Devia

acreditar que estava arrasando na quarentena – não havia para mim, afinal, nenhuma dificuldade em ficar trancada em casa. Provavelmente, estava repetindo coisas ridículas como "estou salvando vidas ficando sentada no meu sofá", ou algo igualmente vergonhoso para a Cecilia de agora. Continuemos.

"Fodeu geral no mundo inteiro." Pois é, imaginei que alguma hora chegaríamos a alguma frase parecida com essa no diário. Adoro que um dos melhores exemplos de como o mundo está fodido é o fato de celebridades postarem vídeos cantando "Imagine", do John Lennon. Lembra disso? Foi horrendo. Não há nada que eu ame mais do que ver celebridades passando vergonha. É como se validassem a minha própria burrice e meus vexames pessoais.

Esse começo de quarentena foi marcante para todos, não é? Acredito que qualquer um tem pelo menos um grupo de coisas com as quais definem aquele período. Por ter tido a sorte de poder ficar em casa e "salvar vidas do meu sofá" (ew), o meu envolve muitas invenções com café (coisas nojentas que não consigo nem imaginar colocar na boca agora), BBB e tomar sol na varanda. Fiquei até bronzeada por um tempo (sou pálida de doer, o que explica minha obsessão pela Branca de Neve quando era menor).

E, claro, tinha a aula online – o famoso EAD. Sempre quis ter aulas online. Cheguei a passar quase um ano inteiro do ensino fundamental implorando que meus pais me deixassem sair da escola e começasse fazer as aulas online – igual aos filmes estadunidenses. Toda uma romantização do homeschooling, sabe? Para alguém que sofria bullying, me parecia o paraíso. Acreditava, na época, que isso ia resolver todos os problemas da minha vida. Então, pois é, ter, finalmente, o privilégio de assistir a uma aula do conforto da minha casa não foi um grande problema. Na verdade, foi ótimo não ter que apresentar seminários na frente de vários rostos de jovens entediados e julgadores que mal conheço. Qualquer coisa em uma tela de computador parece um pouco menos intimidadora.

Não quero que pareça como se eu estivesse feliz com a quarentena. Como todo mundo, estava apavorada. Mas, ao mesmo tempo, grata por ter uma posição social e econômica que me permitia uma estadia confortável em casa. Seria totalmente desonesto se chegasse aqui comentando que a minha quarentena foi uma grande dificuldade. Não foi.

Em termos práticos, estava no melhor lugar que poderia estar. Vejo agora como essa frase no final da página, "todo mundo tá passando por isso", é um tanto excludente e problemática. Não era o caso. O meu estilo de vida, por mais que adaptado a uma nova versão mais contida, se mantinha no nível de sempre – com comida na mesa e um teto sobre a minha cabeça. Não tinha e não tenho nada a reclamar nesse aspecto.

O maior medo que tinha era em relação ao bem--estar do meu pai.

Isso não é algo de que falo com muita facilidade, mas ele ficou em coma por quatro meses em 2017. Ainda sofria essas dores quando minha mãe faleceu. Então, isso era o que mais me assustava durante esse tempo – meu pai ficar doente.

Não sei se isso é egoísta, mas é a verdade. Até hoje tomo cuidado ao chegar muito perto dele, a última coisa que gostaria de fazer seria adoecê-lo por "estar voltando para a vida real". Claro, não há muito que eu possa fazer para evitar que ele entre em contato com o mundo exterior. Por mais que ele trabalhe de casa, é inevitável que eu e meus irmãos voltemos para a rotina presencial. Somos jovens e meu pai nunca iria querer que ficássemos trancados em casa por causa dele. Bom, voltar à "vida real" é trauma para outro momento, e para outros níveis de discussão emocional. Estamos só no começo do distanciamento social.

Daqui alguns dias é aniversário da mamãe. Ela faria 50 anos. De um certo modo, acho quase engraçado. Forever Young. Only the good die young. Realmente, né? Todas as músicas estavam certas. Mudando de assunto: um homem acabou de berrar bom dia super alto, Bom dia, homem. Bom, ainda dói. Você sabe o quê. Acho que sempre vai doer, né? That's kind of the point. A vida é muito cruel nesse aspecto. Você vive a sua vida inteira com uma pessoa, aprendendo dela, ai de repente ela desaparece da noite para o dia. E é isso - você nunca mais vai ver ela. Porra, podia ter um esquema melhor, né? Universo, Deus, sei lá, acho que tá na hora de rever isso. Ou, na verdade, não. Acho que esse aspecto é importante para a trajetória do ser humano. Ai, ai. Agora, a aula começou. Não to na vibe. Óbvio, né? Depois de eu escrever tudo isso. Puta merda, Biju. Timing maravilhoso. Mas essa é a vida. Às vezes tem o timing absolutamente terrível. De qualquer jeito, machuca. Dói. Para caramba. Imagina você nunca mais ver alguém que você ama? Sem preparo nenhum. Ela não estava doente, suicida... Ela simplesmente desapareceu por nada, de repente. É isso que às vezes cai na minha cabeça. Eu não consegui dizer adeus. De uma certa maneira, acho que isso foi até melhor. Texto dolorido esse. Puta merda. Bom, tudo acontece por um motivo, né? Acho. Sei lá. Não sei se isso é verdade, mas conforta. Igual a Deus. Ele existe? Sei lá. Mas acalma imaginar que tem alguma força do universo que está tomando conta de tudo. Que faz determinadas coisas acontecerem porque elas precisam acontecer. Se ela dói é porque é para doer. E a mamãe talvez soubesse que era para acontecer. Pelo menos, é isso que a Tetê acha. Sei lá. Merda.

YOU WOULD'VE LIKED HER — MAMA DID THINGS NO ONE HAD DONE. MAMA WAS FUNNY, MAMA WAS FUN, MAMA SPENT MONEY WHEN SHE HAD NONE. ISN'T IT LOVELY HOW ARTISTS CAN CAPTURE US?

YOU WOULD'VE LIKED HER. HONEY, I'M WRONG. YOU WOULD'VE LOVED HER. MAMA ENJOYED THINGS, MAMA WAS SMART. SEE HOW SHE SHIMMERS? I MEAN, FROM THE HEART. THIS IS OUR FAMILY TREE. CHILDREN & ART.

* *"Children and Art"*, do musical *Sunday in the Park with George*.

Eu tenho que parar de me sentir culpada por simplesmente comer. Comi bastante no almoço mas e daí? Me deixou feliz. Para de pensar demais, Raju. Você tá bem. Tú se exercitando. Se alimentando. Você é e vai ser amada. Por favor, se ame também. Eu sei que é difícil. Mas, poxa, você merece se amar. Pare de se comparar com os outros. Easier said than done, eu sei. Mas tente. Eu sei que você tá melhorando. Tá tirando mais fotos de si mesma, se expondo mais. Isso é bom. Tinha um tempo na sua vida que você não tinha UMA foto sua. Se ame. Mais do que tudo. É uma luta, mas eu sei que você consegue. Coma porque te deixa feliz. Fale porque você tem o que dizer. Dance porque você é boa nisso. Se exercite pela saúde, e não pela estética. Dane-se o que os outros pensam. Lute. Por. Você. Eu sei que é foda mas é o que você precisa fazer. Lutar para se amar, tá entendido? Ai, ai, fiz um texto de auto ajuda. Brega. De qualquer jeito, aprenda a se amar, por favor. Você merece gostar de si mesma.

Esse registro é tão forçado... Não consigo ler sem sentir pena de mim mesma. A verdade é que, naquele momento, eu estava entrando no que seria a pior fase do meu distúrbio alimentar. Não era a primeira vez – se você foi uma criança gordinha, vai saber do que estou falando. A sua infância inteira foi marcada pela consciência de que você era diferente das outras crianças ao seu redor; de que você era maior. E, como toda pessoa que é diferente, você sofre as consequências disso.

Pode parecer clichê, mas todas aquelas historinhas de ser a última a ser escolhida na aula de educação física, de escutar risinhos atrás de você, de nunca querer tirar o casaco... Tudo isso foi bem a minha realidade enquanto crescia. E, óbvio, isso cria uma relação diferente e delicada entre a sua cabeça, o seu corpo e a comida. Nenhum dos três, para começar, é seu aliado.

A sua cabeça vai sempre fazer com que você sinta que a forma com que os outros te tratam é necessariamente vinculada ao seu peso, e que isso é nada mais, nada menos que a realidade. Eu sou feia, eu sou indesejada, eu sou um lixo. O seu corpo, consequentemente, vai estar sempre contra a sua vontade. As gordurinhas nos seus quadris, o fato de você não ter uma barriga seca – tudo isso é mais uma comprovação de que você é quebrada, um bicho diferente e absurdo. Não vamos nem começar a falar de como, mesmo assim, seu cérebro e seu corpo continuam a te pedir comida. Essa é uma dor descomunal, em que você sente que o corpo está indo contra você o tempo todo. E ainda tem a bendita comida. Em vez de vê-la como algo que mantém o seu corpo vivo, a comida passa a ser o seu maior inimigo. Um inimigo que, por mais que você tente se livrar, continua pairando à sua volta – a todo momento.

Essas são todas coisas contra as quais eu lutava, desde muito antes da quarentena. Como disse, as consequências de ter crescido como uma criança acima do peso. Mas você se lembra de como, no começo do isolamento, todo mundo falava que ia se tornar uma bola porque passaria o dia inteiro em casa comendo? Pois é, esse tipo de comentário abriu em mim uma ferida maior do que pensei que seria possível. Por isso, todo esse papo motivacional da última página é tão, mas tão ridículo. Na verdade, eu estava entrando em um dos piores relacionamentos que já tive com meu corpo.

segundo diário

escrito entre maio e junho de 2020

06 de maio, 2020

THEY SAY THAT THESE ARE NOT THE BEST OF TIMES, THEY'RE THE ONLY TIMES I'VE EVER KNOWN. AND I BELIEVE THERE IS A TIME FOR MEDITATION IN CATHEDRALS OF OUR OWN

É hilário para ninguém, além da minha própria pessoa, que esse novo diário comece com as letras de "Summer, Highland Falls", do Billy Joel. Por quê? Bom, porque meu pai diz que tenho uma obsessão estranha e nada saudável por Billy Joel, o que ele não apoia de jeito nenhum; e também porque lembro exatamente de como percebi que essa música cabia 100% na realidade mundial daquele momento. Estava assistindo àquelas lives que todo mundo fazia para entreter um ao outro durante o isolamento social. Era de um ator da Broadway de que gosto, e ele começou a cantar essa música ao piano – quase tive uma síncope. Meu corpo normalmente reage de formas exageradas quando o assunto é Billy Joel. Assistindo ao final da primeira temporada da série *The Politician* (do meu arqui-inimigo Ryan Murphy), eu tive que pausar para chorar por vinte minutos seguidos quando começou a tocar "Vienna". Sem brincadeira, as primeiras notas de piano dessa música me colocaram num estado de soluços e lágrimas tão dramáticas que fui obrigada a parar de assistir.

Momento de apreciar uma foto da camiseta do Billy Joel pela qual, em dezembro de 2021, andei por mais de <u>quatro horas</u> para comprar:

Nascido em 1949 em Nova York, Billy Joel é um dos músicos mais icônicos de todos os tempos. Sim, essa citação é minha. Não foi tirada de nenhuma revista renomada nem de nenhum crítico musical famoso, mas isso não faz dela uma frase menos verdadeira. "Piano Man", "Only the Good Die Young", "We Didn't Start the Fire", "Uptown Girl", "The Stranger"... Quantas músicas tenho que citar para provar que o homem é um gênio que deveria ser muito mais apreciado?

Perguntei ao meu pai o porquê de ele não gostar do maior ícone de todos os tempos (na minha singela opinião) e ele respondeu: "Pra começar, implico com o nome: Billy Joel. Cafona. Acho cafona também a estética dele e as músicas melosas. Gosto de 'Uptown Girl' porque é boa e animada. Nenhuma outra música dele me atraiu, acho. Muito americano demais. Acho que só faz sucesso nos Estados Unidos mesmo, duvido que faça em outro país."

Meu pai está totalmente errado – as palavras dele são aquelas em que você não deve acreditar! Nenhuma música o atraiu porque ele não dá chance. Acredite em mim, já tentei um milhão de vezes. Também não concordo que Billy Joel só faça sucesso nos Estados Unidos. Sério, existe alguém que escute "Vienna" ou "James" e não se identifique e queira se debulhar em um mar de lágrimas inacabáveis? Isso não é exclusividade de estadunidenses deprimidos! As canções dele são, com toda a certeza do mundo, universais. Pelo menos para mim são.

De qualquer forma, de todos os vícios bizarros que eu poderia ter, é melhor que seja um vício em um cantor um tantinho brega (vai, isso daí eu confesso), né?

Vou confessar, também, que não entendo de onde vem todo esse meu amor pelo Billy Joel. Tem que haver alguma explicação lógica para isso, concorda? Mesmo que seja algo emocional, a parte inteligente do meu cérebro precisa estar de alguma maneira ligada a essa loucura. De primeira, a resposta que me vem é que ele é um ser meio feioso que conseguiu ser alguém na vida pelo seu talento emocional. É isso que imagino que eu seja, ou melhor, que eu serei.

Eu acredito, do fundo do meu coração, que esse homem é um dos grandes poetas do século 20. Com certeza, dentro dos top 10 melhores que temos. Há uma simplicidade na maneira como ele coloca os sentimentos humanos que me fascina. Sei que estou sendo um pouco dramática demais falando tanto de um cantor que nem deveria estar no meu universo musical, mas tente me levar a sério por um segundo.

Escute uma de suas músicas, "She's Always a Woman", por exemplo. É tão simples. É uma música, basicamente, só contando os detalhes – percebidos por ele – sobre a mulher que ele ama. Todos os detalhes destroem a noção de "perfeição" – são segredinhos feios que fariam qualquer mulher parecer menos desejável a um olhar masculino. Mas, para Billy Joel, "she's always a woman to me". Acho isso lindo. Meu Deus. De verdade, tenho vontade de deitar no chão e chorar só de pensar nessa música.

Esse é só um exemplo – para mim, Billy Joel entende de maneira perfeita a necessidade que o ser humano tem de escutar sobre a franqueza da emoção. E isso é lindo e, portanto, elimina qualquer lado "brega" que ele tenha! Se quiser discordar disso, saiba que estarei pronta para brigar feio com você. Eu tenho o meu lado delicado, mas também tenho um lado raivoso que é bem protetor com as coisas que amo. E eu amo muito o Billy Joel.

10 de maio, 2020

Me lembro de ter postado esse próximo texto no Instagram. Ainda era a época em que sentia alguma obrigação com os fãs da minha mãe – como se eu tivesse que proporcionar a eles algum tipo de literatura já que ela não podia mais fazer isso. Logo percebi que redes sociais são uma merda, e que dar o mínimo de atenção para pessoas que não me conhecem foi uma das piores coisas que poderia ter feito.

Imagina a minha situação: ser uma menina de vinte anos, que acabou de perder a mãe, com uma legião de fãs dela, de quase quarenta, mandando mensagens apelativas e assustadoras para você? Comecei a bloquear todos e qualquer um. Metade acreditava que eu realmente poderia servir como uma substituta da minha mãe. A outra metade achava que ela é que serviria de substituta da minha mãe para mim. Sério, chegou ao ponto de eu não poder dizer uma coisa minimamente depressiva sem uma velha aleatória aparecer nos meus DMs perguntando se eu precisava de ajuda. Honestamente, vai se foder! Que ódio.

Não posso dizer que me arrependo das homenagens que fiz à minha mãe – só desejava ter feito de uma forma mais privada. Eis o que acontece quando você faz parte da família de uma personalidade pública que falece: há um tipo de pressão para que você diga algo. É foda. Me arrependo muito de ter caído na tentação de me expressar sobre e, ainda mais de ter feito isso com tanta rapidez depois do acontecimento. Muita gente começou a achar que poderia opinar na minha vida, e isso é uma merda. Uma merda também porque eu nem sequer era reconhecida como eu mesma, e sim como a filha de alguém que morreu tragicamente. É doentio e não tenho nenhum tipo de respeito por quem usou da minha fragilidade em um momento desses – mesmo que a pessoa tenha agido sem a percepção de que me magoaria. Para aqueles que têm o dobro da minha idade e foram emocionalmente abusivos comigo, uma menina que nem conheciam e que tinha acabado de perder a mãe, meu singelo vão à merda.

É um monte de primeiras vezes, sabe? Primeiro aniversário do papai sem ela, primeiro aniversário da cahta sem ela, primeiro aniversário da tihia sem ela, primeiro natal, ano novo, carnaval (tive que ficar reclamando soginha), primeiro aniversário dela sem ela... Hoje é o primeiro dia das mães sem ela. Não é uma data tão especial assim, mas ver todo mundo fazendo homenagens para suas mães é como se a faca dentro do meu coracão fosse enfiada um pouco mais para dentro. Em um dia normal, eu chego quase a esquecer que a faca está lá. Nessas datas "especiais" eu me lembro. Eu sei que eu to comecando a ficar meio repetitiva, não sei se ainda tenho o direito de ficar falando tanto sobre isso. Esse sentimento tem validade? Talvez quando essas primeiras vezes acabarem. Quer saber uma coisa engracada? Tem uma banda aqui no prédio do lado tocando clássicos da MPB. Não são nem meio dia ainda. Ela estaria puta — queria dormir até tarde hoje. E eles estão bem na janela do quarto dela. Irritando Fernanda Young. Ela sempre falou que eu tenho a raiva da mãe do meu pai e a raiva irlandesa dela dentro de mim, ou seja, tenho a raiva dela em dobro. Certeza que ela está agora no meu ouvido falando para eu ficar irritada que a banda não escolheu um horário mais humano para cantar. Mães estão cansadas, Mães querem dormir.

11 de maio, 2020

PARA DE SE SENTIR CULPA-
DA POR COMER PARA DE
SE SENTIR CULPADA POR
COMER PARA DE SE SEN-
TIR CULPADA POR COMER
PARA DE SE SENTIR CUL-
PADA POR COMER PARA
DE SE SENTIR CULPADA
POR COMER PARA DE
SE SENTIR CULPADA
POR COMER PARA DE
SE SENTIR CULPADA
POR COMER PARA DE SE
SENTIR CULPADA POR COMER
PARA DE SE SENTIR CULPADA POR COMER.

11/05/20

Em todos os meus sonhos, a Mamãe ainda está viva. O que isso me diz? Será que significa alguma coisa? É ela? É um sinal dela? Ou será que a ficha não caiu ainda? Talvez o software da parte da minha mente que cria os meus sonhos não fez o update ainda. Mas isso não faria sentido, porque eu tenho sonhado com coisas relativamente novas. Talvez essa parte da minha mente só não queira aceitar. Eu entenderia isso. O mais estranho/engraçado/trágico disso é que não são sonhos sobre ela. São sonhos de coisas "normais" — ela só aparece como a minha mãe, sabe? Mas ela sempre tá lá. Como se fosse em um papel coadjuvante. O quo me leva de volta para pergunta se sou eu ou ela. É minha cabeça fazendo isso ou é ela, de algum lugar, ainda querendo fazer parte da minha vida? Vou ser honesta, não quero que essa pergunta seja realmente respondida.

Hoje é dia 14 de setembro de 2022 e, nos meus sonhos, minha mãe continua viva. O quão deprimente é isso? Mais de dois anos depois de ter feito esse registro no meu diário e absolutamente nada mudou! Depois ainda me perguntam por que acho que meu cérebro é quebrado.

Há alguém que realmente acredite no misticismo dos sonhos? Que eles podem ter um significado além do cérebro descarregando todos os pensamentos inúteis do seu hard drive? Sei que tem toda essa coisa de Freud e Jung e blá-blá-blá, blá-blá-blá, mas teriam os sonhos um significado? Ou, pior, alguma relevância? Porque, sim, entendo que tenham um motivo. Sei que os meus sonhos em que minha mãe se encontra viva acontecem porque, bem dentro do meu cérebro, ainda não consigo aceitar o fato de que ela se foi. Um exemplo mais bobo de como entendo a coisa: quando sonhei que conhecia o Dylan O'Brien e que ele se apaixonava por mim – eu tinha acabado de rever todos os filmes de *Maze Runner* e acho o Dylan lindo. Sonhar, para mim, é logicamente bem simples.

Então, por que é que no dia 11 de maio de 2020 eu estava me perguntando se a pessoa no meu sonho poderia ser, de fato, a minha mãe tentando ainda fazer parte da minha vida? Naquele momento, estava tentando me agarrar a qualquer coisa que me aproximasse dela. Aliás, isso me lembrou de uma canção, que me ajudou muito durante esse período, chamada "Chinese Satellite", da Phoebe Bridgers (que vai aparecer muitas vezes aqui, acredite em mim). O lançamento foi perto da data desse registro, então imagino que tenha começado a escutá-la por aí. A canção é sobre a vontade de acreditar em algo e, consequentemente, a inaptidão do eu lírico em fazer isso.

Logo após a morte da minha mãe, comecei a tentar encontrar sentido em algo que nunca pensei em chegar perto – a religião católica. Vai parecer ridículo o que estou prestes a dizer, mas sempre morri de medo de qualquer assunto que tivesse a ver com religião e nunca compreendi toda a fé que minha mãe parecia carregar dentro dela.

Assim que a perdi, recolhi todos os terços que encontrei no quarto dela e passei a usá-los por debaixo da roupa todos os dias; peguei o livro de rezas que ela mandou fazer para mim (do qual nunca tinha nem chegado perto) e virava noites lendo. Não sei se estava tentando achar um sentido para tudo aquilo que tinha acontecido, ou se estava apenas tentando me aproximar dela.

Em "Chinese Satellite", Phoebe canta: "But you know/ I'd stand on the corner/ Embarrassed with a picket sign/ If it meant I would see you/ When I die." É exatamente isso, não? No momento do desespero, você procura se agarrar a qualquer coisa que possa dar o mínimo sentido a tudo o que você passou. No meu caso, tem sido a simbologia dos sonhos e a religião católica, mas poderia ser qualquer outra coisa. Qualquer coisa que me diga que, no final, vai ficar tudo bem.

É engraçado como, de certa maneira, essa música faz isso. Não traz a solução, em meio a esse sentimento de solidão e conflito, mas faz com que você se sinta menos sozinha. Menos como se você fosse 100% pirada por estar buscando alguma explicação sobrenatural da sua existência tão desesperadamente.

Mais uma vez naquele meu drama com música. Mas poder berrar uma canção que traduz grande parte da angústia que você sentiu nos últimos três anos é catártico e mágico. Claro, isso não me trouxe a resposta que busquei anos atrás – se todos esses sonhos poderiam significar algo além de um cérebro lidando com toda a sua carga mental –, mas trouxe uma completude e a serenidade da incerteza da vida de uma forma lindamente compartilhada. Mesmo que não conhecesse as centenas de pessoas cantando as mesmas palavras junto comigo, me senti menos solitária. Talvez, só talvez, minha mãe estivesse lá comigo também.

11 de maio, 2020

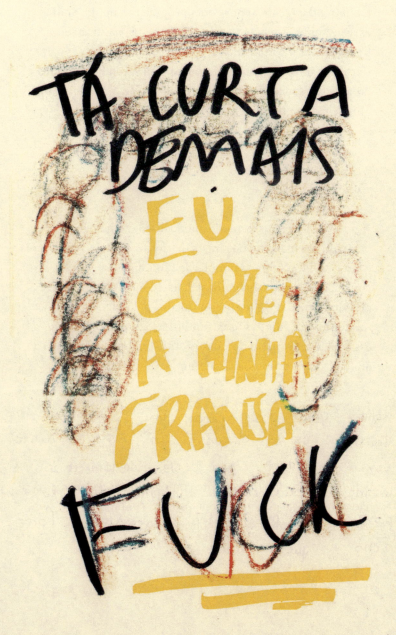

Ah, sim. A merda que todo mundo fez na quarentena: tentar mudar o cabelo por conta própria. Em minha defesa, eu estava simplesmente tentando ajustar o que já estava feito. A franja já estava cortada desde o começo do ano, só fui aparar e acabei parecendo uma camponesa com seis filhos em uma fazenda de algum lugar deprimente da Europa no século 19. Minha irmã começou a me chamar de Fräulein.

---

25 de maio, 2020

Medo, medo, medo, medo. Essa é uma palavra que não para de aparecer nos meus diários. Estava pensando nela e em como é vista pela população mundial. Cheguei à conclusão de que é bem normal, não concorda? Se você pensar bem, já deve ter usado "medo" pelo menos uma vez nas últimas 24 horas. Ou nas últimas 48, sei lá. Só sei que essa palavra faz parte do nosso cotidiano. Igual a feliz, triste, animada. Amedrontada, assustada.

Acho que isso nunca vai parar de me deixar em choque. Aí você junta com tudo que tá acontecendo no mundo. Será que algum dia eu vou parar de ficar tão assustada? Porra, acho que mereço, né?

Achei esse trecho sobre medo, o que parecia ser um dos únicos assuntos que estava abordando naquele momento: o trauma que havia passado com a internação do meu pai e a morte da minha mãe – reverberados em uma pandemia mundial.

Eu queria parar de sentir tanto medo toda hora. Não é ansiedade ou dor... É medo. Medo de eu perder mais alguém, medo de estar fazendo a coisa errada, medo de não conseguir. Medo de tudo. E para que? Ou melhor, como eu faço isso? como é que eu me assunto assunto tão fortemente no momento em que eu acordo? Como é que eu posso melhorar isso? Tem como? Bom, sei lá. Eu não sei de nada. Mal Mal vivi, mas, ao mesmo tempo, vivi muito. Mais do que uma pessoa da minha idade devia ter vivido. Vou ter que sempre viver sabendo disso, lutando com isso. Mas tudo bem. O medo é horrível mas me ajuda a tentar ser um ser humano valioso. Faz sentido? Acho que não. Dane-se.

Fico repetindo e repetindo no diário como esse medo é injusto e como eu não deveria estar sentindo isso a toda santa hora. O que é que eu estava tentando fazer? Destruir todo o medo e trauma pela força das palavras? Porque, vou te dizer, não me lembro de estar fazendo nada para realmente combater esses sentimentos péssimos. Aliás, acho que estava até ignorando a minha terapeuta.

É engraçada essa coisa de ter medo. Por exemplo, amo sentir medo com filmes de terror. Sempre fui fascinada. Mas comecei a assisti-los muito cedo na minha vida e agora não me sinto mais da mesma maneira (com exceção de *O iluminado*, esse me apavora). Estou até hoje procurando um medo nas coisas fictícias e sobrenaturais que não pareço mais conseguir encontrar – esse medo que me acalma. Ontem assisti a *The Beyond*, do Lucio Fulci. Quase funcionou, mas os efeitos porcaria dos anos 1980 arruinaram o filme para mim. De qualquer jeito, foi bem divertido. Esse é o tipo de medo que gosto de sentir.

Mas, aí, tem o outro lado do medo – o medo real, que está um pouco próximo demais para ser confortável. A primeira vez que senti foi quando a minha irmã, com 1 ano de idade (eu tinha nove), precisou operar a cabeça mais de uma vez. Acho que por ser jovem demais para entender o que estava acontecendo, e o perigo que era uma operação dessas, o medo foi um pouco mais moderado. Ainda assim, foi completamente assustador.

A segunda vez que senti foi com o diagnóstico de câncer da minha tia. Acho que tinha uns 13, 14 anos. Vou ser honesta, estávamos em uma fase estranha, afastadas, então não me lembro de detalhes, nem fui visitá-la no hospital. Me arrependo muito disso, mas fico grata todo dia por ela ter conseguido sair dessa.

A terceira vez foi quando, em uma viagem para Miami, meu pai entrou em coma. Não quero me aprofundar no que aconteceu, principalmente porque nunca quis saber muito bem. Só sei que foi o momento mais assustador da minha vida, até então, e que, desde esse episódio, o medo não foi embora. Desde 2017, tenho essa sensação constante de que algo horrível está à espreita. E, claro, em agosto de 2019, algo realmente aconteceu.

Se o medo ainda precisava de alguma desculpa para se consolidar, ele conseguiu. Lembra que eu estava falando de estresse pós-traumático? É isso, mas é mil vezes pior. Ainda mais quando você considera que faz três anos desde o último grande "susto" e o medo continua tão constante quanto antes. Faz seis anos que o medo vive como uma sombra atrás de mim – bem parecido com aquelas assombrações de filmes de terror de que gosto tanto.

Não faço ideia se um dia esse sentimento vai desaparecer, só sei que não irá embora no futuro próximo. Ainda morro de medo quando um amigo meu demora muito para responder uma mensagem minha, ou quando o meu irmão berra demais jogando videogame. É foda.

Odeio falar sobre esse assunto porque não quero que o meu pai ache que é culpa dele – tenho quase certeza de que ele acredita nisso. Na minha cabeça, gosto de pensar que tudo acontece por algum motivo (talvez seja por isso que tente achar respostas em explicações religiosas). Mas não acho que esse motivo vai surgir facilmente, por isso me cobro tanto, a toda santa hora, para encontrá-lo. Ou seja, me dou o trabalho de juntar a culpa e o medo (trauma), a dupla mortal. Imagina como é divertido!

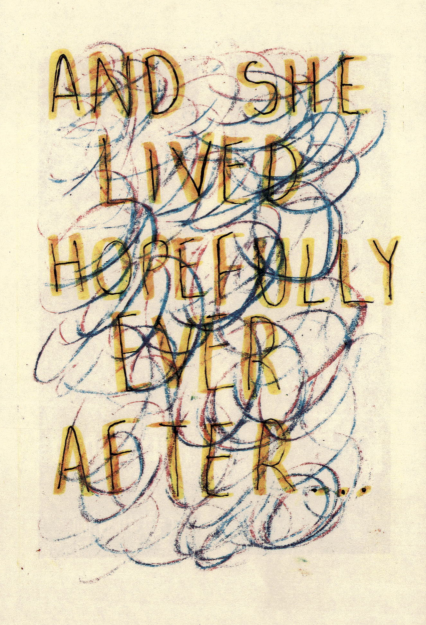

terceiro diário

escrito entre junho e julho de 2020

13 de junho, 2020

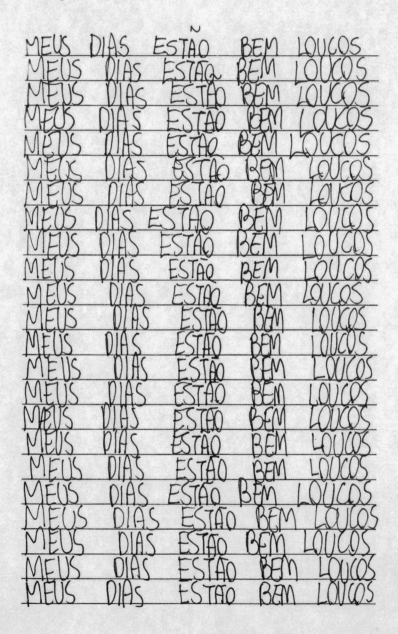

17 de junho, 2020

EU SINTO DEMAIS. EU SINTO DEMAIS. EU SINTO DEMAIS. EU SINTO DEMAIS EU SINTO EU SINTO EU SINTO EU SINTO EU SINTO EU SINTO EU SINTO EU SINTO DEMAIS. EU SINTO DEMAIS. EU SINTO DEMAIS. EU SINTO DEMAIS EU SINTO EU SINTO EU SINTO EU SINTO EU SINTO EU SINTO EU SINTO EU SINTO EU SINTO EU SINTO EU DEMAIS DEMAIS EU SINTO DEMAIS. EU SINTO EU SINTO EU SINTO EU SINTO DEMAIS. EU SINTO DEMAIS EU SINTO DEMAIS EU SINTO DEMAIS EU SINTO DEMAIS EU SINTO DEMAIS. EU SINTO EU SINTO EU SINTO EU SINTO DEMAIS DEMAIS DEMAIS DEMAIS DEMAIS DEMAIS DEMAIS DEMAIS DEMAIS DEMAIS DEMAIS DEMAIS DEMAIS DEMAIS EU SINTO DEMAIS. EU SINTO DEMAIS. EU SINTO DEMAIS. EU SINTO DEMAIS DEMAIS DEMAIS. EU SINTO EU SINTO EU NÃO AGUENTO MAIS SENTIR EU NÃO

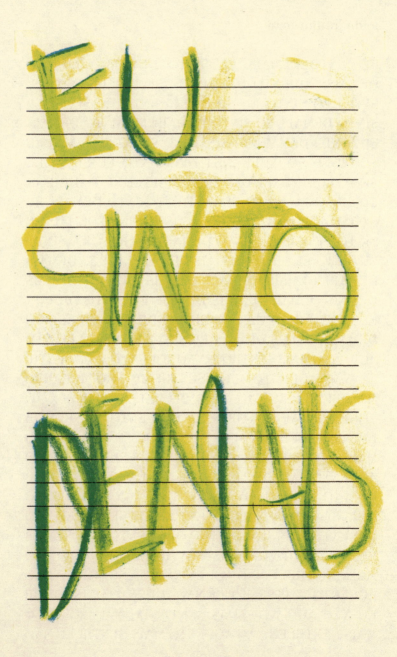

23 de junho, 2020

Eu to bebendo vodka com limonada enquanto assisto Monkey Business. Vau, this is the good life. Blah, blah. Look, it's Ginger Rogers! Dia 2 do workout & amanhã eu tenho psiquiatra. Bom, vou assistir o filme. Update: me livrei ac bebida. Acredita que eu fiquei culpada bebendo? Só não vou ficar com a consciência pesada se não comer até o jantar. Pesado, mas é verdade. Boom, bom, bom. Espero que no final desses 28 dias eu me sinta melhor. 2 down, 26 to go. Queria uma pipoca mais vou ficar com a água. Eu só quero ter um corpo bonito e uma mente saudável. Dói um pouco escrever isso. Whatever. Desisto. Vou colocar pijama e assistir o filme deitada. Fuck dressing up :)

Quase me perco na investigação. Eu sinto demais, já te falei isso? E, pensando agora, foi até bom ter ficado apavorada demais com as calorias que poderia ingerir bebendo álcool durante a quarentena. Já me definiram, mais de uma vez, como "alguém altamente sujeito a ter vícios". Eu, álcool, quarentena e uma relação livre: teríamos dado errado.

Nossa, mas eu estava totalmente fora de mim escrevendo esse texto. Os três goles que devo ter tomado de vodca com limonada tiveram seu impacto. Por que é que estou indo do inglês para o português sem parar? "Suplando", como eu e meu primo gostamos de dizer. Entendeu? Por causa do Supla. Hahah.

Seria o álcool ou a falta de alimento no meu corpo? Mas, olha, fiquei animada com a aparição da Ginger Rogers! Ou seja, pouco mudou nesse aspecto. Em dezembro de 2021, quando estava em Nova York, gastei uns cinco dólares em um cookie só porque ele se chamava Ginger Rogers. Ginger é fascinante. Não sei quantas vezes já assisti a ela e Fred Astaire dançarem "Let's Call the Whole Thing Off", usando patins, em *Shall We Dance*. Nunca vou me cansar.

Ginger Rogers. Ela é tudo o que eu mais gostaria de ser. Você já a viu dançando? Você já viu o timing para comédia que ela tem? Sei que ela é bem conhecida, mas a acho pouco apreciada no grande esquema hollywoodiano. Sério, pense bem – quantas pessoas conhecem o nome do Fred Astaire? Quantas pessoas conhecem o nome da Ginger Rogers? A resposta para isso deve ser gritante e absurda! A leveza e a magnitude dela eram o que fazia a dupla Rogers--Astaire ser icônica. Como já dizia a minha xará, "Ginger Rogers, dance on air." Faria tudo para ser a Ginger Rogers rodopiando com uma saia de tule e cetim em um salão de baile (sendo observada por algum stalker).

E esse tal "workout"… Meu deus, só de me lembrar tenho calafrios. Eram simplesmente uns treinos de passar mal – pesadíssimos! E me forcei a fazer todo santo dia, durante a quarentena inteira. Me lembro de que nem no meu aniversário me dei uma pausa. Era desumano. A minha relação com atividades físicas é, até hoje, tóxica e nada direcionada para uma visão saudável entre exercício e corpo. Por exemplo, escrevendo isto, estou tossindo igual a uma desvalida, porque decidi, resfriada, ir andando na chuva para a faculdade. Por quê? Bom, fazia uns dias que não me exercitava por estar doente e me senti culpada. Nem me deixe começar a falar sobre a culpa por não ter feito nenhum tipo atividade para "queimar calorias" hoje.

Para mim, é isso que se exercitar significa: queimar calorias. Ficar um pouco mais magra, não me sentir tão culpada por ter feito mais de uma refeição no dia. Nunca consegui fazer com que "atividade física" significasse qualquer outra coisa.

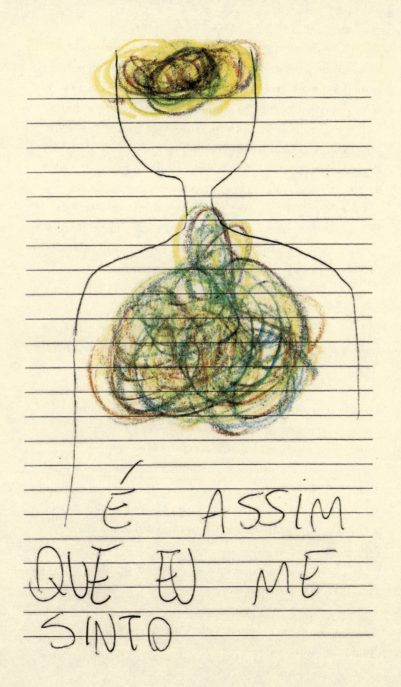

Durante a quarentena, meus dias eram da seguinte maneira: acordar, assistir a aulas online, me exercitar, assistir a uns cinco filmes, dormir e repetir tudo de novo. Era praticamente tudo o que fazia e assistir a filmes era a única coisa que conseguia me fazer parar de pensar em comida por algum tempo. Filmes antigos, em especial.

Jimmy Stewart, Bette Davis, Cary Grant, Katharine Hepburn, Marlon Brando... Eles eram alguns dos que conseguiam me acalmar, mais do que qualquer outro. Quando o fardo parecia difícil demais para se aguentar, eu ligava a TV e me esquecia da minha vida com um filme antigo que parecia ter explicação para tudo. Foi um vício que durou meses e meses – até certo ponto, quando comecei a ignorar essa determinação, a de que apenas filmes antigos conseguiam me acalmar, e entrei nessa de assistir a todo e qualquer filme que me interessasse. Assisti a uns filmes bem-acachapantes-sessão-da-tarde, filmes cults que não entendia nada, clássicos que fingia já ter assistido, filmes que já tinha visto vezes demais para ter necessidade de reassistir... Não importava o gênero, o ano ou a nacionalidade, eu via de tudo e qualquer coisa. Diria até que foi quase como um curso de cinema mastigado em meses e meses sob uma ansiedade diária. Me ajudou bastante.

Sempre fui e sempre serei viciada em cinema. Não digo isso nos termos de uma cinéfila chata, e sim de alguém que cresceu com o pai levando-a na locadora toda sexta-feira. Me lembro da animação de correr direto para a estante de novidades, de sentir aquela adrenalina assustadora na área de filmes de terror, de saber exatamente onde o meu filme predileto estava... Me lembro até, especificamente, de que eu e minha irmã estávamos em uma espécie de guerra fria com uma pessoa desconhecida que gostava de alugar *Spice*

World tanto quanto a gente. Me dava um ódio mortal toda vez que chegava lá e o atendente me dizia que *Spice World* estava alugado. Espero algum dia conhecer esse ser maldito que tentava roubar as Spice Girls de duas menininhas inocentes.

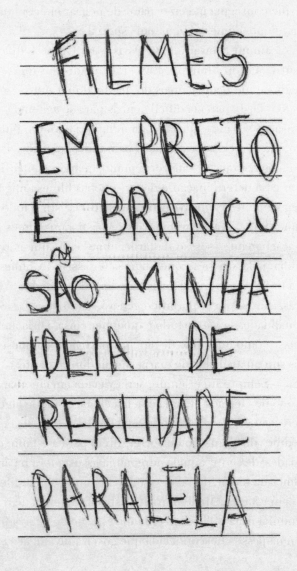

25 de junho, 2020

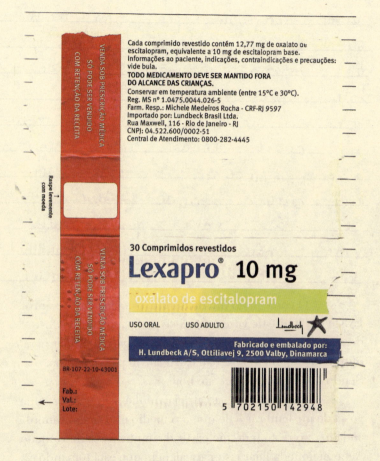

  Ai, ai, ai, Lexapro. O antidepressivo mais inocente que existe. Faz algum tempo que não tomo mais ele, mas sinto certa falta. Acho a caixa bonitinha, a pílula é fácil de cortar ao meio e não é daquelas gigantes que são difíceis de engolir. Tomei ele por muito tempo e, por mais brega que isso irá soar, sou eternamente grata por essa pequena felicidade em oxalato de escitalopram.

amanhã eu vou começar a duplicar a dose de lexapro. Vai me deixar enjoada por uma semana, que é uma merda. Mas, ao mesmo tempo, é aliviante pensar que minha agonia vai melhorar mais um pouco. Ainda mais agora. Minhas emoções vão de uma à outra rápido demais, sei lá. Sinto que muita gente não se importa e não entende. Dói. Machuca.

O começo do fim da minha jornada com Lexapro! Existe um limite de vezes que você pode aumentar a dose do seu antidepressivo – antes de ser obrigada a mudar para outro! Mas, spoiler alert: não existe alívio para a agonia. Sendo honesta, ela segue até hoje.

Uma coisa que a Patrícia, minha psiquiatra, sempre gosta de me lembrar é de que o remédio é só "meio caminho andado" – o resto tem que partir da minha força de vontade. Acho meio foda falar isso para alguém que está tomando remédios exatamente pela falta de força de vontade. Entendo o que ela quer dizer, mas ainda sim é… Não é ideal.

Sabe o que também é foda para caralho? Quando me dizem que o meu problema é químico e, principalmente, genético. Que merda. Então, por que é que um remédio caríssimo, que não posso me esquecer de tomar nem por um dia, não faz o trabalho dele e me deixa feliz de vez? A lógica disso me parece totalmente quebrada. Se o meu problema é químico, devido a forças que vão além do meu poder e partem de coisas ainda mais fora do meu alcance, como o meu DNA, por que é que um composto farmacológico que foi feito unicamente para aliviar esses sintomas não é o bastante?

Hoje, 28 de setembro de 2022, estou tomando um antidepressivo, um "add-on", para transtorno depressivo maior e um ansiolítico. Ainda assim, acordo com o peso de não querer viver quase todo santo dia. Por quê? Isso me faz tão mal! Me acho tão arrogante, mal-acostumada e ingrata. Sei que passei por muita merda, mas também sou sortuda para um cacete. Por que é que acordo querendo morrer? Por que é que essa porra desse remédio não consegue me curar? Por que não consigo me divertir sem pensar que não mereço aquilo? Sem me questionar se tudo e todos estão secretamente contra mim, quando na verdade sou eu que estou contra mim mesma?

Não posso dizer que os remédios, no plural, não me ajudem. Eles meio que servem como um sutiã, sabe? Te seguram para não deixar tudo solto e desprotegido. O foda é que não curam. Eu quero algo que cure. Sei que estou pedindo demais, mas seria, também, pedir tanto assim uma vida na qual a sua cabeça não tenta te destruir a todo momento? Tanta gente que tem essa paz, por que é que não posso ter também? Por que é que tenho que ser tão quebrada? Odeio ser assim.

Odeio acordar de manhã, me olhar no espelho e não gostar do que vejo. Odeio deitar à noite na minha cama e cair no choro porque meu cérebro está me falando as coisas mais horrorosas que poderia dizer para um ser humano. É foda. É um ciclo eterno. Será que sou tão quebrada que nem os remédios funcionam? Sei que não sou a única com essas questões, mas é um sentimento solitário para um cacete.

28 de junho, 2020

Um diálogo que tive com a Silvia, minha terapeuta:

EU: Não sou interessante o bastante.
TERAPEUTA: Que mentira, você tem uma vida interna riquíssima.
EU: Esse é o problema!
TERAPEUTA: Como assim?
EU: É a vida interna, e não externa!

Tudo escrito nesse diário é coisa da minha cabeça. Como toda especialista da mente humana (psiquiatra e terapeuta, ahem...) me dizem:
EU TENHO UMA VIDA INTERNA MUITO RICA.

EVERYONE HAS A
BURDEN. THAT
HARDLY MATTERS.
WHAT IT
MATTERS
IS HOW
THEY ARE
DEALT
WITH.

(essa frase é algo
falado num filme que
eu vi. pelo menos,
é assim que me lembro.

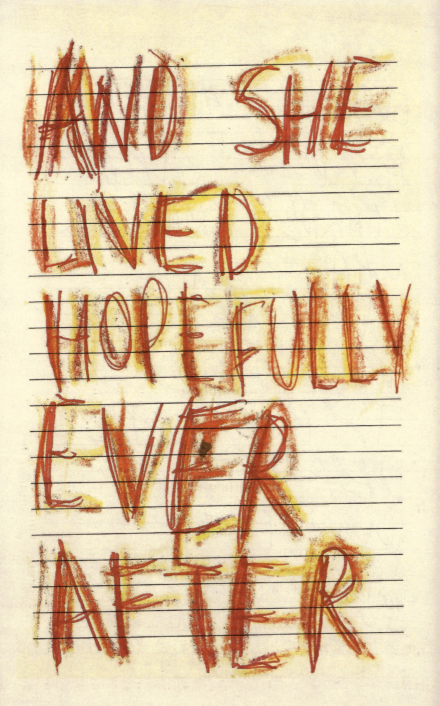

quarto diário

escrito entre julho e agosto de 2020

08 de julho, 2020

15 de julho, 2020

MANY THINGS HAVE DIED FOR ALL OF US. WE MUSN'T LET OUR SPIRIT DIE WITH THEM.

(ACHO QUE ESSA É UMA FRASE DO FILME NOTORIOUS. ACHO. NÃO ME LEMBRO EXATAMENTE DE ONDE EU TIREI).

21 de julho, 2020

Sempre me achei diferente – e não estou dizendo isso de maneira positiva. Não me acho única, pelo menos não como alguém que merece qualquer tipo admiração por causa disso. Sempre me achei estranha demais, grande demais, desajeitada demais. Nunca me vi "cabendo" em nenhum lugar. Meu cabelo é cacheado demais, minha barriga não é seca o bastante, sou muito alta, minha voz é esquisita, minhas sobrancelhas são grossas e escuras e chamativas... Sempre olhei com uma espécie de inveja para todas aquelas meninas que pareciam caber no padrão. Cabelo claro e liso, magras, pequenas, de voz suave e sobrancelhas desenhadas: "normais".

Estava lendo *Prozac Nation*, da Elizabeth Wurtzel, ontem à noite, e ela conseguiu definir esse sentimento de um jeito muito mais literário e claro do que eu. Espero que você não se incomode com essa tradução rápida que vou fazer das palavras dela: "Eu tinha, de fato, me metamorfoseado nessa garota niilista e infeliz. (...) Ainda não tinha ouvido a palavra depressão, e não ouviria por um bom tempo depois disso, mas senti algo muito errado acontecendo. Na verdade, sentia que eu estava errada, meu cabelo estava errado, meu rosto estava errado, minha personalidade estava errada. Meu Deus, minha escolha de sabores na loja Häagen-Dazs depois da escola estava errada!"

Não sei se sou defeituosa ou não, se é resultado de uma falta de autoestima descomunal. Também não culpo os meus pais, e espero que eles nunca tenham pensado o contrário. Só acho que nasci como o resultado de um projeto fracassado – como uma boneca danificada.

É normal isso acontecer, né? Pessoas impressionantes simplesmente fazerem algo que não sai bom. Ou não sai do jeito que deveria. Sei lá talvez todas as coisas boas foram para a minha irmã e eu fiquei com esses… negócios estranhos. O brinquedo quebrado, a boneca danificada. Não me parece uma coisa tão difícil de acontecer. Na verdade, me parece até meio inevitável. Eu amo os meus pais – eles são as pessoas mais geniais e maravilhosas que conheço. Então, por que odiar tanto algo que os dois criaram? A minha única resposta para isso é que esse algo saiu quebrado, nunca esteve pronto para ser alguém. Quero dizer, se isso já aconteceu com projetos televisivos deles, por que não poderia acontecer comigo, um projeto humano? É 100% possível, na minha opinião.

Aonde estou tentando chegar com tudo isso? Bom, no dia 21 de julho de 2020, demonstrei todo o meu ódio por quem acabei sendo num texto que, segundo as minhas próprias palavras, havia sido feito antes do meio--dia. Um pouco cedo para todo esse drama, né? Não estou muito em posição para julgar a Cecilia do passado – estou escrevendo tudo isto aqui antes das oito da manhã. Há algo sobre liberar todo o trauma antes da hora do almoço que é bem delicioso e sarcástico e hilário para mim. É tipo: "foda--se começar o dia bem!"

Primeiro aniversário do John sem a mamãe. Ele tá fazendo 11 anos. Porra, ele é novo demais para isso. Todos nós somos. Eu sei que me preocupo com coisas que uma pessoa da minha idade não devia se preocupar. Eu sei que nenhuma das minhas amigas estão se preocupando com o que eu me preocupo — elas tem uma mãe para fazer isso para elas. Eu fui obrigada a crescer muito rápido sem ter vivido nada. É foda. Parece que eu fiz tudo ao contrário. Lidando com problemas adultos sem ter vivido a minha juventude. Sei lá. É foda. Mas, pelo menos, não posso dizer que vivo uma vida medíocre. Isso deve valer alguma coisa em algum momento futuro. Trauma é importante para arte. Pelo menos, é isso que dizem. Não sei. Só sei que já senti a pior dor antes dos vinte anos. De novo, isso deve valer alguma coisa. Tem que valer alguma coisa. Se não valer, então qual é o sentido de tudo? De continuar vivendo? Eu sei que vale alguma coisa. Porra, talvez seja muito cedo para pensar assim. Não é nem meio dia ainda.

Sei que o que escrevi parece um tanto invejoso – como se fosse uma vilã de filme da Disney amaldiçoando a heroína só porque a mocinha nasceu com todas as virtudes negadas à pobre vilã. É verdade: cresci invejando todo mundo que parecia ter uma vida um pouco mais fácil que a minha. Sei o que você provavelmente está pensando, "nunca sabemos o que o outro está passando blá-blá-blá". Bom, dane-se isso. Aliás, acredito que tenho uma espécie de terceiro olho capaz de enxergar se o outro está, realmente, sofrendo tanto assim. Juro. Por exemplo, consigo dizer, em menos de cinco minutos depois de ter conhecido alguém, se a pessoa sofreu bullying alguma vez na vida. Dá para sentir o cheiro na pessoa se ela tem esse tipo de trauma.

Não quero diminuir as dores dos outros, mas acredito que qualquer um que tenha ou esteja passando por uma perda imensurável como a minha fique um pouco irritado quando alguém chega com os olhos vermelhos, na primeira aula do dia, porque brigou com o namorado na noite anterior – tipo, porra, fulana. Ou quando ouve alguém reclamando porque o cachorro está doente. Ou qualquer outra coisa igualmente insignificante no grande esquema de ordem de importância do mundo. Sinceramente, vai à merda.

Teve um dia no ano passado em que realmente perdi a cabeça e todo senso de controle próprio com uma dessas, mas juro que foi sem querer. Estávamos na aula de documentário, e a professora tinha acabado de mostrar um filme pseudofeminista sobre como as mulheres deveriam ser elogiadas por qualquer motivo que não a beleza, e como é ofensivo ser considerada apenas por suas características físicas. E, claro, diversas meninas da minha sala ficaram emocionadas com isso. Long story short, eu posso, ou não, ter surtado e berrado "ah, vai arranjar algum problema de verdade" para uma menina durante a discussão pós-filme. Não foi um dos meus momentos mais dignos – eu sei.

25 de julho, 2020

Trauma bate mais forte depois de um ano? É inferno astral? Acho que não porque nunca acreditei nessa merda. Vou começar só porque tenho me sentido estranha e falta duas semanas para o meu aniversário? Isso é bobagem. Porra, agosto vai ser difícil. 1 ano sem mamãe e primeiro aniversário sem ela. Aí volta a questão original: é estresse pós-traumático ou inferno astral? Ou os dois? Ou nenhum? De qualquer jeito, acordo estranha. Não durmo direito e, quando durmo, tenho sonhos estranhos e exaustivos. Talvez a culpa de tudo isso seja o que todo mundo também está passando — a incerteza, o medo. Mas, como já tinha dito antes, sinto isso multiplicado ao mil. Toda hora, todo dia, há mais de um ano. Talvez tudo que esse último ano conseguiu fazer foi piorar tudo isso. Como é que eu vou saber? A verdade é que não importa porque eu estou sentindo. Tô ansiosa, com medo e meu coração dói. Simples assim. Dana-se a razão — eu tenho muitas.

Julho de 2020, pelo que me parece, foi um mês que estava sentindo ódio de tudo. É perceptível para qualquer um, não? Do pouco que vou te mostrar desse diário (não tem nada de tão interessante, acredite em mim), quase tudo carregava essa energia sufocadora de indignação. Acho que foi devido ao fato de que, em certo momento, a tristeza e o medo se transformaram em ódio e revolta. Você entende o que quero dizer? A pista está nas constantes perguntas.

Sou uma pessoa que se aproveita desses sentimentos de um modo meio doentio. Minha mãe dizia que eu tinha herdado a raiva indígena da família do meu pai, misturada com a raiva irlandesa da família dela. Ou seja, eu seria uma pessoa naturalmente raivosa (as palavras são dela!). Posso não parecer de primeira, mas é verdade. Não gosto de confronto ou qualquer coisa do gênero, mas no momento que alguém me irrita posso virar um monstro. E tento me utilizar disso de modo a ser vantajoso para mim.

O problema é que, no final do dia, nunca acaba sendo uma reação prazerosa ou útil. O ódio me faz querer fazer alguma coisa – me movimentar, mudar, provar algo ao contrário. É como se uma sirene ligasse dentro de mim. Por mais positivo que isso pareça, essa vontade de combater algo na força do ódio me exaure bem mais do que ajuda. Afinal, nada movido a um sentimento tão negativo pode ser tão bom, né? Quero dizer, é isso que sempre me disseram. Tem que seguir a vida com amor, paz e felicidade. Parece que sou o contrário. Sinto que sigo a minha vida com ódio, ansiedade e tristeza.

Só agora percebo que a falta de compaixão que tenho comigo fez com que eu me maltratasse tanto durante toda a quarentena. Me exercitar até a exaustão, me esfomear, achar que tudo o que fazia era um lixo... Não era somente inferno astral ou estresse pós-traumático (mesmo que esses também tenham tido uma participação importante nos últimos anos). O ódio que tinha pela Cecilia era o que tornava quase impossível querer sobreviver.

Então, por que diabos eu continuo tentando me entender? Por que é que continuo tentando consertar algo que não tem conserto? Por que é que estou tentando entender esses meus escritos nos diários se, para mim, tudo parece uma merda inútil? Será que, na verdade, estou tentando provar que existe algo que vá além de toda essa ruína que construí em torno da minha pessoa?

NÃO É QUE EU NÃO AGUENTE MAIS NADA. EU AGUENTO, MAS NÃO QUERO MAIS AGUENTAR.

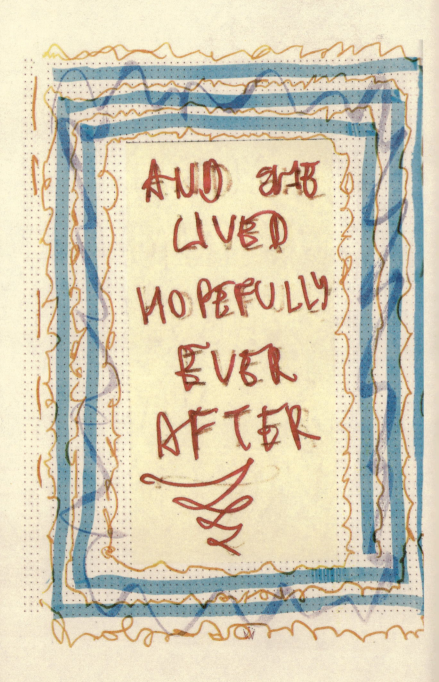

quinto diário

escrito entre agosto e setembro de 2020

Mensagem para você

Biju, você é maravilhosa e muito amada.
Feliz aniversário.
Beijos do papai, da Catita e do John

BIJU,

PARABÉNS!
QUE A VIDA TE DÊ
TUDO DE BOM. AMOR,
ALEGRIAS, TUDO. BJ MIKA

7. AGOSTO. 20

BIJÚ, ♡
VIVA, VIVA, VIVA!
PARABÉNS!
TODA A FELICIDADE
DO MUNDO PRA VOCÊ.
TE. AMO MUITO ♡
MIL BEIJOS, Marcia

JOY

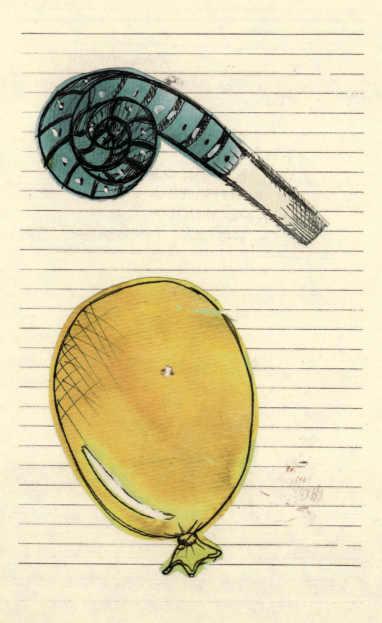

10 de agosto, 2020

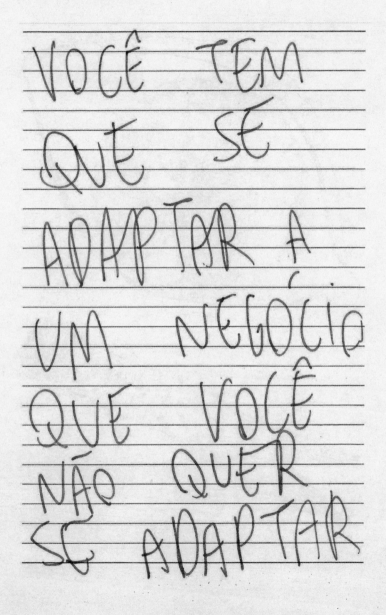

VOCÊ TEM QUE SE ADAPTAR A UM NEGÓCIO QUE VOCÊ NÃO QUER SE ADAPTAR

15 de agosto, 2020

Em um diferente assunto (por isso a troca de caneta), eu tenho piorado em relação à comida. Ontem fiquei culpada por comer algumas uvas. Hoje já tomei um yogurte de limão e um biscoito de chocolate. A culpa ainda não bateu, mas é muito cedo para saber minhas emoções. Já devo ter digerido umas 200 calorias hoje. Digamos que o meu almoço terá 900 e meu jantar 800. 1900 calorias. Isso me dará 100 calorias para talvez gastar com um suco ou mais um dos biscoitos de chocolate (que tem por volta de 60 calorias). Tá vendo como a minha mente funciona? É assim o dia inteiro. Me machuca mais do que qualquer coisa, mas eu não consigo desligá-lo. Não sei o que posso fazer para melhorar isso. Para mim, parece impossível. O treino ajuda diminuir toda a culpa, mas temo que não seja o bastante.

Hoje voltei ao tratamento para distúrbio alimentar que faço já faz um ano. Passei seis meses dando um ghosting horroroso na coitada da médica. Grande parte de mim sente falta do controle que eu tinha sobre a comida. É por isso que tanta gente adquire distúrbios alimentares, né? Me lembro de ler isso em algum lugar: distúrbios alimentares dão algum senso, conturbado, de controle sobre nossa vida. Quando iniciei o tratamento, foi como me sentir completamente alienada e fora de casa dentro do próprio corpo. E abrir mão do controle com a comida foi só um motivo a mais para me sentir assim, sabe? Então, a coisa mais fácil que poderia fazer era ignorar a profissional que estava tentando me ajudar e voltar aos velhos hábitos.

Enfim, todo esse cálculo de calorias que estou fazendo nesse registro não chega nem perto do que eu ainda faria ao meu corpo e à minha mente. Juro, cheguei a ponto de não ingerir nem 500 calorias por dia. Aí, nessa página, eu ainda era inocente demais. A coisa fica muito mais feia depois – com duas horas de exercício por dia, fazendo só uma refeição que não alimentaria um bebê recém-nascido... É... Mais uma vez, esse não foi dos meus melhores momentos.

Se ainda não se tocou, não há nenhuma parte nesta investigação inteira em que você irá encontrar qualquer grande triunfo, sendo honesta. Então, se você espera por isso, melhor parar de ler enquanto não perdeu muito do seu tempo.

No final da página, falo que temo que tudo isso (exercício, alimentação) não seja o bastante para parar a minha cabeça. O que aprendi nesses últimos anos é que nada nunca será o bastante se você não tiver amor-próprio e, principalmente, compaixão. Eu não tenho até hoje, então, por isso, me acho um grande pedaço de esterco. Deu para perceber, né? Eu nem precisava te dizer isso. Perdeu a gordurinha da barriga? Poxa, mas os braços ainda são enormes. Conseguiu aprender a gostar do seu nariz grande? Nossa, mas olha esses lábios, não são um pouco finos demais?

A cabeça é foda. É um lugar perigoso de se estar. E a verdade é que não conseguimos nos livrar dela nunca. O que é uma merda. Ela está sempre dizendo a coisa errada no momento errado, do jeito errado. Não acredito que exista uma pessoa neste planeta que tenha a cabecinha saudável. E se existe, ou a pessoa é Deus ou é psicopata. O maior problema é quando deixamos de distinguir o que é real do que é criado pela nossa mente conturbada – ainda mais em um momento como a pandemia, quando todo mundo estava, literalmente, trancado consigo mesmo.

Sei lá, num momento desses me parece até uma boa ideia o conceito de guilhotinas.

20 de agosto, 2020

Me lembro exatamente de por que colei essas fotos no meu diário. Fiz isso logo depois de ver um post no Instagram, meio autoajuda, falando: "Sempre tenha uma fotografia de quando você era bebê por perto." O motivo? Toda vez que você se maltratasse, teria de lembrar que estaria fazendo isso com a você do passado. Blá-blá-blá – drama, drama, drama. Levei esse post tão a sério que, além de colar no meu diário, coloquei um total de três fotos minhas pequena na cabeceira. Estava desesperada por qualquer tipo de alívio da dor constante que sentia dentro de mim, né? Bem ridículo.

Ironicamente, comigo essa técnica funcionou da maneira oposta. Ao invés de olhar para a minha imagem de quando pequena e pensar "aw, tenho que ser mais legal comigo", pensava "porra, eu virei um monstro". Sério, por causa disso não consigo mais olhar para nenhuma foto minha criança sem querer chorar. Minha irmã às vezes aparece com uma foto nossa e, sem brincadeira, meu instinto é sair correndo e berrando, como se estivesse sendo perseguida pelo Michael Myers.

Não entendo por que qualquer ser humano na face da Terra sentiria qualquer coisa além de horror total vendo uma foto de si mesmo criança. Que tipo de felicidade você teria ao se ver em uma época na qual tudo era mais fácil e para a qual nunca conseguirá retornar? Por exemplo, hoje. Hoje, estou na missão quase impossível de fingir que estou em 2014. Nada que não importasse para mim na adolescência vai importar agora. Estou usando uma camiseta vintage do One Direction (que devo ter comprado na Claire's no ápice de 2013), e vou tomar apenas o meu uísque de Game of Thrones (que era o meu go-to em 2016).

Já, já irei para a casa da Lara, minha amiga, e vamos assistir à live stream de um show de 5 Seconds of

Summer – uma banda pela qual éramos obcecadas na adolescência. Quer saber o mais patético? Paguei um total de quinze dólares por esse deleite nostálgico. Pois é, esse show online tinha ingresso pago. Mas dane-se. Vou me esgoelar e dançar – tudo dentro da ilusão que criei para hoje, de que sou a mesma menina deslumbrada e pouco traumatizada de catorze anos de idade.

Depois dessa brincadeirinha de quinze dólares, vamos assistir ao novo filme do Harry Styles no cinema. Espero que seja dramaticamente horrível. Eu AMO filmes horríveis, não há nada melhor do que se sentar em uma sala escura e ver a coisa mais insalubre e divertida que a mente humana poderia ter criado.

Vou respirar fundo hoje e me iludir. Tudo está bem, porque estou em 2014. Não há nada a se preocupar além de bandas com um monte de homem gringo bonito.

---

23 de setembro, 2022

Vou ter que dar uma pausa no passado. Ontem foi a coisa mais hilária que já me aconteceu em muito tempo – só porque eu falei que seria um dia calmo e maravilhoso. Eu dei PT e fui parar no hospital. Pois é… Me lembro vagamente de cantar as letras de "Amnesia" e "Outer Space/Carry On" de 5 Seconds of Summer, um pouco antes da merda toda acontecer. A próxima coisa que sei é que estou em uma cama hospitalar com minhas amigas e meu primo, todos me olhando como se eu tivesse pirado. Diria que fazer isso duas semanas antes das eleições foi quase um ato político!

Imagem ilustrativa minha no hospital para você saber que não estou mentindo. Sério, levei essa coisa de esquecer 2022 e ficar em 2014 longe demais. Tomei metade de uma merda de um Jack Daniels edição limitada de Game of Thrones assistindo à merda do show online. Sim, pode rir. Eu ri também. Todo mundo riu. Não me lembro de muita coisa, senão contaria mais detalhes. Me lembro de berrar assistindo ao show e dançar igual a uma louca pelo quarto da Lara. E me lembro do meu pai depois falando que a minha mãe ficaria orgulhosa. É horrível eu ficar meio feliz de ter vomitado tanto? Tinha comido espaguete no almoço e estava me sentindo culpada, entende? Ai, pelo menos me liberei desse peso.

Que horror pensar assim – me desculpa! Juro que estou tentando me cuidar… Não que o PT seja um exemplo muito bom de autocuidado. Bom, you win some, you lose some.

Só sei de uma coisa… acordei no hospital em que nasci com a seguinte pulseira no meu pulso:

24 de setembro, 2022

  Senti novamente a necessidade de dar uma pausa no passado para falar do presente. Agora, um assunto sério. Então, hoje fui arcar com as consequências dos meus atos e fui buscar todos os meus pertences abandonados na casa da Lara, minha amiga, depois daquele meu estado medonho pós-meia-garrafa-de-uísque. Peguei o New Beetle branco, que herdei da minha mãe, e dirigi até lá escutando Taylor Swift, às 11 da manhã de sábado.
  Meu pai tinha falado para eu tirar um tempo e me perguntar por que havia bebido tanto. Eu ri, e devo ter zoado o conselho no mínimo uma meia dúzia de vezes com os meus amigos nas últimas 24 horas. Mas, eis que, no carro, ao som do clássico "All Too Well (10 Minute Version) (Taylor's Version)" da rainha Taylor, comecei a chorar igual a uma

louca. Isso porque tem uma hora que ela canta "I'd like to be my old self again/ But I'm still trying to find it." Eu sei... É um pouco demais chorar ao som de Taylor Swift, às 11 da manhã de um sábado, sozinha no seu carro, mas, porra, bateu tudo de repente.

Tudo que tenho feito ultimamente é só uma tentativa patética de voltar para uma Cecilia que era mais feliz do que sou agora. Pode parecer óbvio – e sei que é. Até eu já sabia disso, mas só agora percebi o quão depressivo realmente soa. Meu desespero para aliviar a dor que é crescer é tanto, que tomei metade de uma garrafa de uísque sozinha. Porra, que merda. Que MERDA! Posso mentir o quanto quiser e falar que acho uísque delicioso e é por isso bebi tanto, mas eu sei que é mentira.

Sei que estava bebendo tanto porque queria esquecer. Ou melhor, queria ficar para sempre em 2014... Cantando as músicas que cantava aos catorze anos, dançando pelo quarto, como se a vida não tivesse me dado nenhum motivo para não dançar, negando tudo que não fosse aquele exato instante.

Não tenho certeza se cheguei à resposta final da pergunta do meu pai. A minha cabeça tem me feito tão louca. Não só ultimamente, ou desde que comecei a fazer diários, mas há muito mais tempo do que eu possa perceber. Ela destrói toda e qualquer esperança de que eu seja normal, de que eu não seja tão quebrada quanto acredito que sou. Ela me diz o tempo todo que o mundo continua e que eu fui deixada para trás.

E eu tento muito. De verdade. Faço tudo que está no meu poder para acompanhar o resto do universo. Tento, todo dia, acordar às cinco da manhã para fazer exercícios, e ainda assim não tenho o corpo ideal. Tento sempre ser a mais amigável, a mais engraçada em todo lugar que entro, e não sou a favorita de ninguém. Leio e consumo tudo que consigo para adquirir mais conhecimento, e nunca sou a pessoa mais interessante da roda. Nunca consigo ser a melhor em nada. Não estou dizendo que quero ser a melhor em tudo – mas me sentir minimamente bem com pelo menos um aspecto da minha vida seria bom, entende? Ser, sei lá, pelo menos uma vez na vida a pessoa mais legal da sala, ou a mais bonita, ou qualquer merda que não seja o que sou agora.

Acho que é por isso que bebi tanto. Acho que é por isso que não consigo olhar para uma foto minha de quando pequena. Acho que é por isso que me sinto uma merda a toda santa hora. E é por isso que estou cansada e machucada para caramba. Sinto falta de quando era menor e não tinha percebido o quão exaustivo é não gostar de si própria. Não sei se naquele tempo eu gostava de mim, mas, pelo menos, não me odiava tão ativamente. O ódio não me segurava para trás nem me fazia querer fugir de viver a minha realidade – seja essa fuga por fingir que estou em 2014 ou por beber até desmaiar ou por pensar em suicídio mais vezes do que devo.

23 de agosto, 2020

Morte é um conceito muito estranho. Muita pouca gente consegue entendê-lo. Eu gostaria de dizer que eu sou uma delas, mas estaria mentindo. A verdade é que, mesmo tendo presenciado de perto, para mim a morte ainda é algo assustador. Tive quase um ano para me acostumar com ela, mas isso ainda não aconteceu. Ainda não gosto de ver muitas fotos, não leio textos sobre ela ou homenagens. Não é que eu não goste delas, é que não estou acostumada. Não estou pronta. Vejo que elas estão acontecendo e isso aquece meu coração. Ao mesmo tempo, fujo delas. Por isso, vou tentar me distanciar de redes sociais o máximo possível nos próximos dias. Terça é o aniversário de um ano. Só de escrever isso sinto meu coração doer e meus olhos arderem. Vai dar tudo certo.

25 de agosto, 2020

É hoje. Vou ser honesta — acordei bem. Muito cedo, mas bem. Às 4 da manhã, para ser exata. Não sei o que esperar do resto do dia. Vou para a aula. É de design gráfico. Acho legal e vai me ajudar a parar de pensar por um tempinho. Estou assistindo Downton Abbey com um café. Estou planejando passar o resto do dia nessa mesma "calma". Papai falou que assistiria Into The Woods comigo. Não sei se ele quis dizer hoje, mas eu adoraria. Já entreguei o café para ele e ele está bem. Tava com um medo traumático que acho que não preciso explicar, né? Acho, ou espero, que depois de hoje esse medo diminua. Aos poucos, tenho certeza. Mas acho que diminua de qualquer maneira. Eu estou muito cansada de viver na dúvida e no medo. Cansa pra caceta. Bom, ainda é cedo. Cedo demais para dizer qualquer outra coisa que não pareça dramática. Blah, blah, blah, blah. Vai dar tudo certo.

Algo que aprendi é que os dias mais difíceis serão, no final das contas, os mais fáceis. Sei que não estou fazendo sentido. Vou tentar me explicar. O ruim de um dia importante e difícil – como o aniversário de um ano da morte da sua mãe – é que vai ter uma voz no fundo da sua cabeça falando a todo momento que esse é o dia. Você vai acordar sabendo disso, vai ficar com receio até mesmo de sair da cama… Vai entrar no Instagram e encontrar pelo menos cinco marcações em posts de homenagem, vai se encontrar com o seu irmão no corredor de casa e vocês vão compartilhar aquele olhar de "que merda", porque não conseguem colocar em palavras o que, exatamente, é para ser dito. Isso tudo vai acontecer. Mas sabe o que também vai? A percepção de que nada mudou. De que o seu dia – mesmo nessa data horrorosa – vai ser o mesmo de ontem, de amanhã e do dia seguinte. E que ninguém além de você (e, ok, todos aqueles que perderam a mesma pessoa) vai sentir esse buraco. Para o resto do mundo é só mais um dia normal. É foda, mas é verdade.

Sabe qual foi a coisa mais insalubre de todas dessa data? Que eu realmente fiz meu pai assistir a *Into The Woods*. Não sei se você está minimamente ciente da história do musical (que é, aliás, do Stephen Sondheim – o meu deus na Terra), mas ele lida com temas um pouco próximos demais do que estávamos vivendo naquele momento. É sobre um pai que perde a mulher e precisa cuidar de um monte de crianças sozinho. Tudo bem que só um é filho dele – mas, sério que eu não achei, nem por um segundo, que isso poderia engatilhar meu pai de alguma maneira? Nem lembro se pensei nisso na época. Devo ter pensando – não posso negar que sempre acabo indo para o lado mais dramático das coisas. Já me falaram que romantizo a melancolia.

De resto, acho que tive um dia bem sensato e normal. Entendo o medo que senti ao acordar, de que algo tinha acontecido e que eu poderia ter impedido – o mesmo que sinto até hoje, quase todo dia. Isso explica o meu complexo de deus, acho que consigo consertar tudo se tiver a chance. Sinto que isso é uma coisa que tem piorado com o tempo, na verdade. A Silvia odeia quando falo isso. Eu 100% acredito que ninguém precisa sofrer além de mim, porque vou achar um jeito de solucionar todas as dores dos outros.

Isso pode parecer, de maneira quase surpreendente, bem altruísta. Mas não é, não. Acho que, eliminando o sofrimento dos outros, o meu próprio vai parar de existir. Ou, pelo menos, vai parar de parecer tão importante assim. Ou, talvez, nem seja isso. Talvez a minha vontade de tirar o que machuca dos outros seja apenas um jeito de me esconder do que machuca em mim. É ridículo. Mas cuidar dos outros é mais fácil do que cuidar de si mesma, né? O que estou falando está fazendo algum sentido para qualquer pessoa além de mim ou estou parecendo uma louca? Ai, são muitas questões.

04 de setembro, 2020

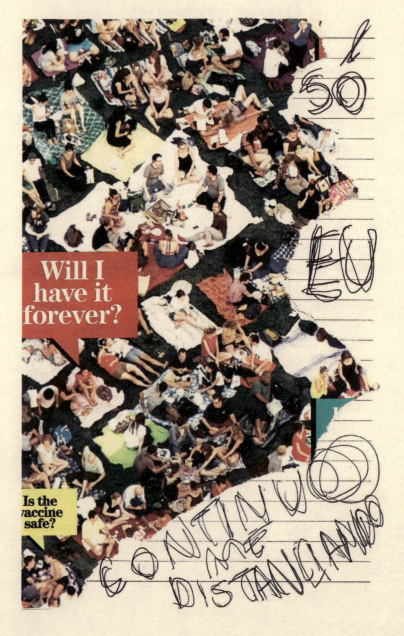

Ah, sim.

Aquele clássico momento do distanciamento social em que parecia que toda pessoa da minha idade estava furando a quarentena. Acho que "parecia" nem é a palavra certa, porque tenho confiança total quando te falo que uns 60% dos meus conhecidos jovens não fizeram o isolamento social como deveriam.

Mas quem sou eu para julgar, né? Quero dizer, pelo menos fiz a minha parte. Ah, quem estou tentando enganar? Vou julgar, sim. Amo julgar. Julgo para um cacete a todo momento. Se me julgo tanto, por que não julgaria os outros?

––––––––––

Talvez esse seja o meu problema.

I LOOK I LOOK OK BUT I'M BREAKING I LOOK OK BUT I'M BREAKING DOWN OVER AND OVER AGAIN OVER AND OVER AGAIN I LOOK OK BUT I'M BREAKING DOWN OVER AND OVER AGAIN OVER AND OVER AGAIN I LOOK OK BUT I'M BREAKING DOWN OVER AND OVER AGAIN OVER AND OVER AGAIN I LOOK OK BUT I'M BREAKING DOWN OVER AND OVER AGAIN OVER AND OVER AGAIN

* "*porcelain*", mxmtoon.

05 de setembro, 2020

Precisamos ter uma conversa séria antes de você seguir para as próximas páginas. Eu tenho um... certo sentimento muito específico com algumas músicas. Muitas músicas, aliás. É engraçado, na verdade. Porque eu não sou letrista (óbvio), mas é como se me apossuísse das palavras que amo tanto como se elas fossem minhas. Não sei se é consequência da minha imaginação fértil, ou sei lá, mas faço muito isso. A letra pode nem ter nada a ver com a minha realidade, se amo a música, vou conseguir criar uma história como se ela tivesse sido criada especialmente para caber na minha vida. E é por isso que você vai ver muitas letras de música ao longo dos diários.

Tudo isso para dizer que, a seguir, virão duas páginas inteiras só com a letra da música "Liability", da Lorde. Essa canção fala sobre uma pessoa que é abandonada num relacionamento por ser "um pouco demais" para alguém aguentar. Quer dizer, o que é ser "um pouco demais"? Seria surtar um dia e encher a cara ouvindo uma banda de pop rock de dez anos atrás? Ou publicar um livro na esperança de achar um grupo de pessoas que te entenda? Ou talvez seria um momento um pouco mais sério, como, por exemplo, assustar quem te ama ao ter um episódio maníaco tão forte que arranca tufos de cabelo enquanto berra baboseiras e idiotices que você tem segurado faz tempo? Tenho certeza de que era alguma dessas situações que a Lorde tinha em mente quando escreveu "Liability" – e é nisso que eu penso toda vez que ouço a música. Ai, ai, ai. Que drama. Essa música já me proporcionou bons momentos – é ótima!

Me lembro de que a minha coisa favorita no distanciamento social era pegar meu carro e sair por aí escutando música – devo dizer que foi mais útil do que as aulas práticas que tive na autoescola. Eu e meu New Beetle 2010 branco para lá e para cá, em Santa Cecília. Berrava, chorava, cantava. Às vezes, minha irmã me acompanhava. Outras vezes, minhas melhores amigas de infância, Sofia e Guro. Para ser honesta, preferia quando estava só, porque podia colocar as músicas mais destruidoras e me soltar totalmente. Já perdi a conta de quantas pessoas no trânsito me olharam estranho, porque estava performando, com caras, bocas e coreografias, *Rumours* do Fleetwood Mac, ou algo assim.

Bom, voltando para a Lorde, teve uma vez que começou a tocar "Liability" e comecei a chorar e berrar igual a uma louca. Foi bem catártico. Estava no Pacaembu, passando pelo estádio e não havia uma alma perto de mim. Chovia, e tudo que conseguia ver era um único caminhão na minha frente. "Chovia" é uma tentativa de deixar a história um pouco menos preocupante, porque, na verdade, o mundo estava caindo ao meu redor. Não dava para enxergar quase nada na minha frente – ventania, pingos massivos de chuva, trovões, o para-brisa tentando me ajudar, mas sendo de uma inutilidade quase cômica... Lembro de berrar a música inteira pouco me importando com o perigo. Era como uma cena de *Premonição*, juro – o caminhão ali na minha frente... A última coisa que pensei antes de pisar no acelerador foi "espero que alguém consiga ver algum tipo de poesia nesse meu fim". No momento do impacto, vi a minha vida inteira passar diante dos meus olhos – desde quando nasci, prematura, e tive que usar um gorrinho para segurar a minha cabeça mole, até a última aula que tive na faculdade. Tudo inútil e especial ao mesmo tempo. Na minha cabeça, eu era a linda personagem do filme, ganhando o coração de todos na sala de cinema – antes de morrer de uma maneira trágica e burra. Claro que nada disso aconteceu, mas ainda assim é chocante que eu esteja aqui para te contar essa história.

Acho que estou falando demais de uma só canção, né? Não são nem três minutos de música para tudo isso – me desculpa, sou muito emocionada. Resumo da ópera: amo berrar "Liability" porque bate naquele sentimento da boneca quebrada, e me coloquei em perigo só para cantá-la de maneira dramática no carro. Sou sem conserto, mas tudo bem. A Lorde me entende.

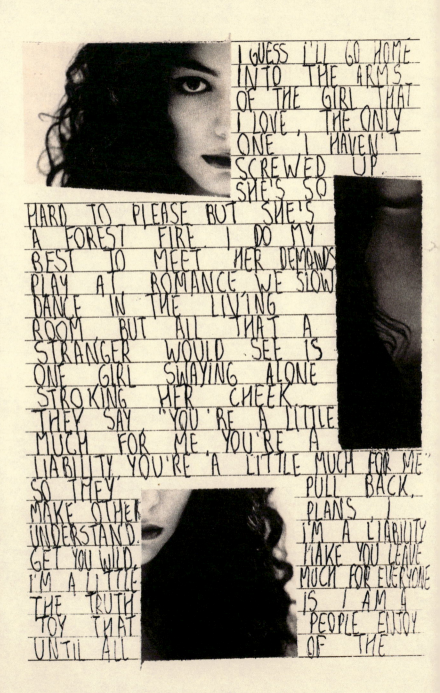

I GUESS I'LL GO HOME INTO THE ARMS OF THE GIRL THAT I LOVE, THE ONLY ONE I HAVEN'T SCREWED UP. SHE'S SO HARD TO PLEASE BUT SHE'S A FOREST FIRE. I DO MY BEST TO MEET HER DEMANDS PLAY AT ROMANCE WE SLOW DANCE IN THE LIVING ROOM, BUT ALL THAT A STRANGER WOULD SEE IS ONE GIRL SWAYING ALONE STROKING HER CHEEK THEY SAY "YOU'RE A LITTLE MUCH FOR ME, YOU'RE A LIABILITY, YOU'RE A LITTLE MUCH FOR ME" SO THEY PULL BACK, MAKE OTHER PLANS. I UNDERSTAND. I'M A LIABILITY GET YOU WILD, MAKE YOU LEAVE I'M A LITTLE MUCH FOR EVERYONE THE TRUTH IS I AM A TOY THAT PEOPLE ENJOY UNTIL ALL OF THE

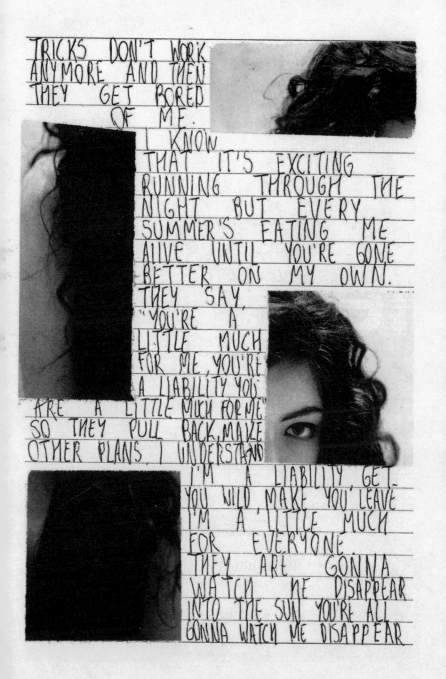

TRICKS DON'T WORK ANYMORE AND THEN THEY GET BORED OF ME. I KNOW THAT IT'S EXCITING RUNNING THROUGH THE NIGHT BUT EVERY SUMMER'S EATING ME ALIVE UNTIL YOU'RE GONE BETTER ON MY OWN. THEY SAY, "YOU'RE A LITTLE MUCH FOR ME, YOU'RE A LIABILITY YOU ARE A LITTLE MUCH FOR ME" SO THEY PULL BACK, MAKE OTHER PLANS. I UNDERSTAND I'M A LIABILITY, GET YOU WILD, MAKE YOU LEAVE I'M A LITTLE MUCH FOR EVERYONE. THEY ARE GONNA WATCH ME DISAPPEAR INTO THE SUN YOU'RE ALL GONNA WATCH ME DISAPPEAR

07 de setembro, 2020

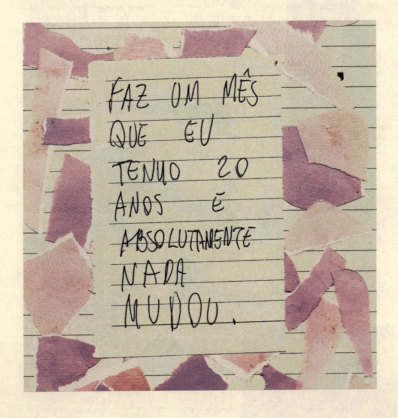

FAZ DOIS ANOS,
EU JÁ
FIZ 22,
E AINDA SINTO
QUE
NADA
MUDOU.

AINDA ESTOU SEMPRE SONHANDO E AINDA SOU
UMA CRIANÇA E AINDA PRECISO SER AMADA.

TECNICAMENTE, SEI QUE NÃO SOU MAIS UMA
CRIANÇA, MAS NA MINHA CABEÇA NÃO CONSIGO
CRESCER.

ODEIO A IDEIA DE SER ADULTA.

SER ADULTA SIGNIFICA PESSOAS NÃO GOSTANDO
DE MIM.

QUANDO EU ERA PEQUENA, SÓ DEIXAVA AS
PESSOAS ME CHAMAREM DE BONITINHA. NUNCA
BONITA.

BONITA QUER DIZER ADULTA, E ADULTA QUER
DIZER FALTA DE AMOR.

MESMO ASSIM, SEMPRE SONHEI COM UMA VIDA
ADULTA.

SONHO MUITO ACORDADA.

NÃO UMA VIDA ADULTA 100% MINHA, MAS DE
PERSONAGENS QUE CRIEI NA MINHA CABEÇA.
TODOS SENDO AMADOS.

INVENTAR, CRIAR, ROMANTIZAR E AMAR ALGO QUE
NEM QUERO SER.

I AM ALWAYS DREAMING BECAUSE I'M A CHILD AND
I DEMAND TO BE ADORED.

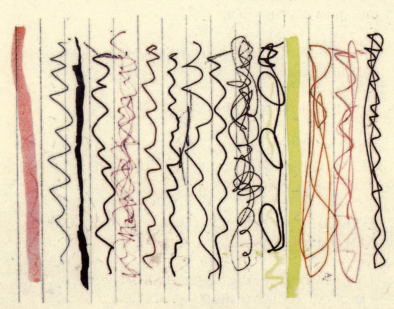

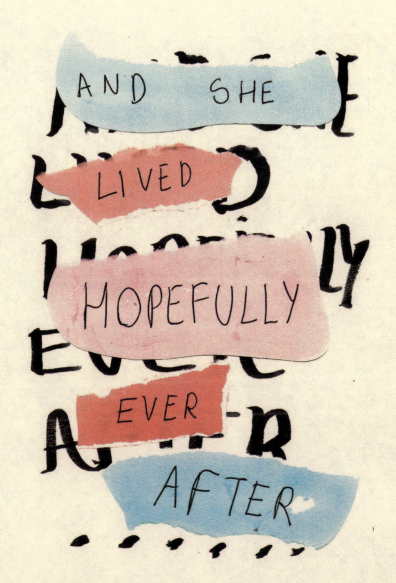

sexto diário

escrito entre setembro e outubro de 2020

11 de setembro, 2020

MINHA CABEÇA TÁ CONFUSA. NÃO TO QUERENDO EXISTIR.

17 de setembro, 2020

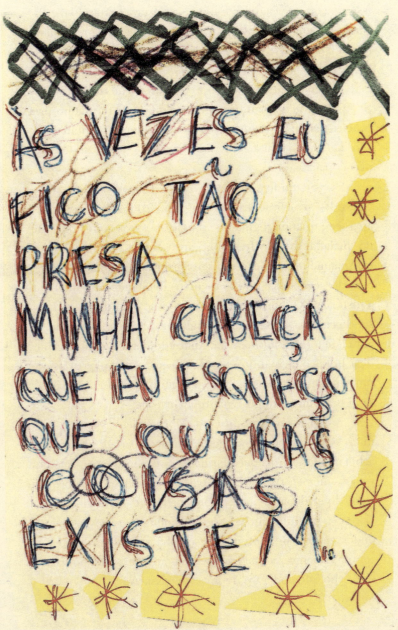

Pode parecer muito egocêntrico, mas não era bem isso que eu queria dizer. Sabe o que estava tentando dizer? Naquele tempo descobri que tenho uma condição chamada "maladaptive daydreaming". Ou seja, "devaneio excessivo". Parece ridículo, eu sei. Que merda seria *devaneio excessivo?* Pelo que me falaram, é um tipo de transtorno mental! Sempre me achei patética por ficar muito na minha própria cabeça, mas achava que era só um defeito meu. Então, na verdade, não – muita gente faz o mesmo, e isso é motivo de preocupação alheia.

Segundo o Instituto Brasileiro de Neurodesenvolvimento (IBND) (primeiro resultado que apareceu quando joguei no Google), pessoas com síndrome de "maladaptive daydreaming" apresentam "devaneios extremamente vívidos, com seus próprios personagens, cenários, enredos e outros recursos detalhados e semelhantes a histórias." O que sempre pensei ser só a minha mente sendo criativa, na verdade, é mais um transtorno mental para adicionar à minha lista. Aparentemente, não é normal ficar horas imaginando, com detalhes, cenas e plot twists de uma vida que não é sua. E eu pensando que era a próxima Phoebe Waller-Bridge. Ou Greta Gerwig.

Mas, sério, tirando toda a brincadeira, é bem interessante que isso seja algo normal, de certa forma. Sempre achei que fosse uma peculiaridade da minha pessoa – algo que veio no meu DNA, formado a partir de dois pais escritores, ou algo adquirido após muitas horas na frente da televisão. Sei lá, nunca imaginei que era algo que outras pessoas também pudessem ter! Me senti menos sozinha, sabe? Ok, a parte de ser uma doença mental não é exatamente uma boa notícia, mas acho que podemos deixar essa passar, vai.

Se você ainda não entendeu o que é maladaptive daydreaming, vou tentar te explicar melhor... Estava eu no elevador do prédio em que trabalho – os estúdios da NBC em Nova York –, indo para o estúdio 8H, onde o icônico programa de esquetes *Saturday Night Live* é gravado. Estava me preparando mentalmente para mais uma semana como redatora-chefe de lá, quando ouço: "Espera, segura a porta para mim." Então, o homem mais lindo de todos os tempos entrou. Esse homem era ninguém mais, ninguém menos que o ator indicado ao Oscar Paul Mescal. Ele estava com fones de ouvido e consegui escutar vagamente "Lover, You Should've Come Over" do Jeff Buckley. Eu amo Jeff Buckley. Oops, eu disse isso em voz alta? E o resto é uma história linda e digna de um livro escrito por Emily Henry ou Sally Rooney. E, quando dou por mim, são 12h30 e eu perdi a minha manhã inteira. Horas e horas e horas pensando só nesse mundinho imaginário meu e do Paul Mescal em Nova York. Beeeeeem problemático.

Olha, vou até te contar um segredo: já cheguei a deixar de fazer coisas na vida real porque colidiriam com uma das minhas pequenas realidades imaginárias. Ew. "Fico tão presa na minha cabeça que esqueço que outras coisas existem." Às vezes, até misturo fantasia com realidade. Ew, ew. Moro muito na minha cabeça... Vida interna muito rica, como dizem aqueles que já estudaram o meu cérebro.

Quer saber algo que encontrei outro dia no TikTok, mas muito, tipo, muito pior? Ou melhor, muito mais louco do que qualquer coisa que eu possa ter feito. Tem uma "prática" lá entre os jovens chamada "reality shifting". O que seria isso? Bem, pelo que entendi, a pessoa desassocia a ponto de se deslocar para outra realidade – dentro da própria cabeça. Sério, tem até matéria na UOL! O que essa gente faz é usar meditação para ir a uma "desired reality". Não é uma loucura muito louca? Acho fascinante! O buraco negro em que entrei no TikTok é ver contas e contas dedicadas inteiramente a definir e relatar aos outros as realidades para as quais escapam. Nossa, se eu tivesse acesso a isso nos meus catorze anos, não sei onde estaria agora! Poderia ser uma guru de meditação.

Passo hooooooooras vendo vídeos das pessoas explicando que tipo de vida têm nesses mundos imaginários – é quase como ler um livro! Elas definem direitinho cada detalhe, é incrível. Entra no TikTok e pesquisa qualquer coisa com as letras DR no final, você vai ficar maravilhado. Tem até vídeos no YouTube explicando como fazer esse tipo de meditação, mas acho que essa não é uma aventura que quero adentrar. Prefiro ficar observando de longe os outros detalhando suas experiências, acho adorável e interessante! Estamos meio que entrando em um filme de sci-fi, né?! Acho um ótimo plot: jovens, que odeiam tanto a própria realidade, aprendem a se deslocar para outras dimensões por meio da meditação. Não roube a minha ideia!

21 de setembro, 2020

25 de setembro, 2020

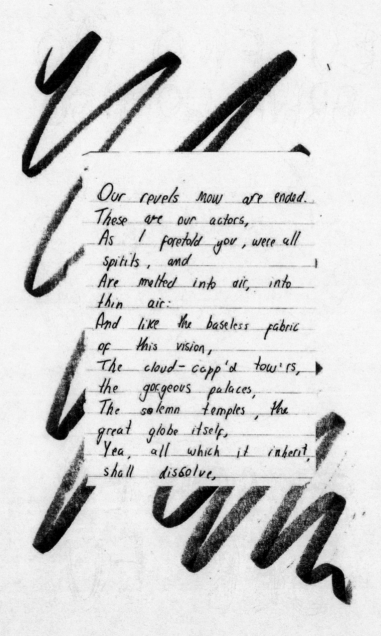

Our revels now are ended.
These are our actors,
As I foretold you, were all
spirits, and
Are melted into air, into
thin air:
And like the baseless fabric
of this vision,
The cloud-capp'd tow'rs,
the gorgeous palaces,
The solemn temples, the
great globe itself,
Yea, all which it inherit,
shall dissolve,

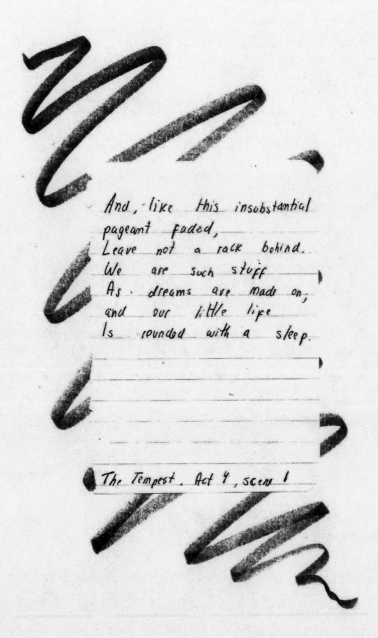

And, like this insubstantial pageant faded,
Leave not a rack behind.
We are such stuff
As dreams are made on,
and our little life
Is rounded with a sleep.

The Tempest. Act 4, scene 1

03 de outubro, 2020

Como é que as pessoas conseguem fazer algo sem deixar que essa coisa tome conta da vida delas? Sério, eu não consigo. Pode ser qualquer coisa — vira uma grande parte de mim. Acho que nunca aprendi a viver algo momentâneo, eu sempre deixo que essa coisa me consuma por inteiro. Pensa em qualquer série, livro ou filme que já amei. Nunca deixo que seja algo casual. Eu sempre abro um espaço enorme na minha alma para aquilo viver — me envolvo demais. Ou em exemplo mais pesados. Essa obsessão com comida e treino que eu tenho agora. Conheço dois amigos meus que estavam treinando todo dia e comendo saudável (uma tava até fazendo intermitent fasting). Mas isso eles estavam fazendo sem dor ou culpa maior, tanto que eles pararam e falam sobre isso abertamente. Eu não consigo. Vejo isso quase como uma obsessão secreta. Tanto esconder que treino e vejo o passar fome como algo quase romantizado. Virou uma doença dentro de mim porque eu deixei me consumir.

Imagino que isso leve a mais um diagnóstico de algum distúrbio mental que não faço ideia de que exista, mas que não deve ser tão estranho assim. Com certeza, é uma característica que deixa a minha vida um pouco mais intensa.

Claro, quando a obsessão e/ou o fascínio focam em coisas que fazem mal ao meu eu-físico, eles se tornam patológicos. Ou podem até mesmo ferir o meu eu-mental. Já me falaram que tenho obsessão por tristeza. Tipo, que romantizo o sentimento de ser tão depressiva quanto acredito que sou. Não sei se é verdade ou não. Mas é verdade que, normalmente, prefiro as músicas mais tristes, os personagens mais deprimidos, os filmes mais destruidores... Mas isso não seria só o meu gosto pessoal? Gosto de coisas que tenham valor emocional um pouco mais forte do que outras mais... serenas? Quero dizer, gosto alheio não deveria ser discutido, né?

Voltando para a questão original: como as pessoas fazem qualquer coisa sem que isso tome conta da vida delas por completo? Como é ver uma série de televisão como um ser humano normal? Tipo, quando chega nos créditos finais, continuar com o seu dia e não ficar sonhando como se a vida da personagem principal fosse a sua (aham, o "devaneio excessivo")? Ou querer emagrecer sem que isso signifique calcular obsessivamente quantos passos você dá por dia ou quantas calorias ingere ou por quantas horas treina? Como será viver livre assim?

Nossa, para tudo. Acabei de dar um google. As respostas não são exatamente ideais, amigos. É aquele velho ditado, "nunca pesquise os seus sintomas porque a resposta vai ser bem pior do que você imaginava". Pensei: "Ok, over obsessing. É isso que faço." Pois fui lá, como uma pessoa inocente e curiosa, e pesquisei. O que encontrei foi o famoso OCD (ou seja, TOC). Over <u>Obsessesive</u> Disorder é um subtipo de Over <u>Compulsive</u> Disorder. Puta meeeeerda, como é que nunca percebi isso?

Não, calma. Este não é o momento de me autodiagnosticar. Isso não é saudável. Só quero deixar essa descoberta registrada. "O Transtorno Obsessivo-Compulsivo (TOC) é um transtorno comum, crônico e duradouro, no qual uma pessoa tem pensamentos incontroláveis e recorrentes ('obsessões') e/ou comportamentos ('compulsões') que ela sente vontade de repetir de novo e de novo." Obrigada, Google! Mais um diagnóstico era exatamente o que precisava na agora. Mais uma coisa para ficar pensando obsessivamente.

Pelo menos, acho que não tenho tantas compulsões assim. Quero dizer, sim, já tive alguns hábitos estranhos, como tocar em determinado local de uma foto todo dia de manhã. E ainda sinto a necessidade de toda as noites falar "até amanhã" para todos os membros da minha família antes de dormir. Mas, para mim, isso é resposta direta ao trauma. Estresse pós-traumático.

Nesse ponto, tentar adicionar mais diagnósticos à minha vida não me traria nada de bom. Não sei se pensar tanto assim é o que eu deveria estar fazendo neste momento. O meu problema é que nunca consigo parar de pensar. Faria tudo para parar de pensar por um segundo, mas a única maneira de fazer isso seria saindo do meu corpo. Falei sobre isso com a Silvia, e ela disse que é impossível. Não sair do corpo, mas parar de pensar. É óbvio que sair do corpo é possível, basta morrer – mas acho que ela não quis tocar no assunto. Eu também não quis.

Já percebi que essa coisa de terapia é difícil porque, em quase toda sessão, não dá muita vontade de falar dos verdadeiros problemas. Ainda mais quando a minha cabeça não cala a boca por um segundo. Chego exausta do consultório. Sinto que vivo exausta. Simplesmente pago para a minha terapeuta tentar entender o meu raciocínio rápido enquanto falo de coisas aleatórias que não têm nada a ver com os meus problemas emocionais sérios. E, pior ainda, fico superculpada se não consigo diverti-la durante a sessão. É como se eu fizesse um stand-up duas vezes por semana!

Imagino que deve ser igualmente desgastante para a Silvia... Não sei como ela não desistiu de mim ainda. Ao mesmo tempo, ela é paga para ver uma idiota traumatizada treinar o seu número de stand-up. Não pode ser tão ruim assim. Tenho quase certeza de que ela não me odeia. Acho que, na pior das hipóteses, devo dar ótimas e variadas dicas de séries e filmes para ela. Às vezes parece que essa é a única coisa que sou realmente boa nessa vida. Dar boas dicas de entretenimento e cultura, depois de ficar obcecada por tais obras.

É ridículo. Me acho ridícula.

07 de outubro, 2020

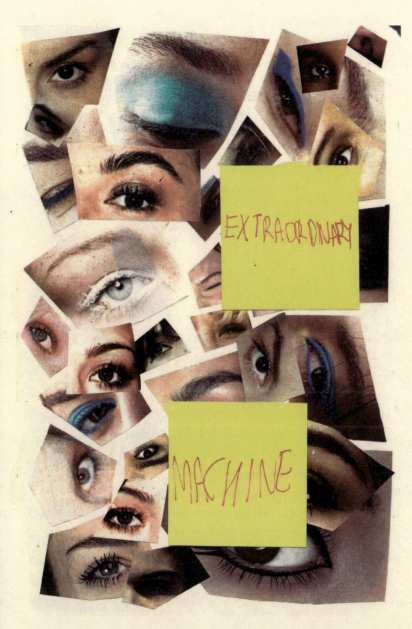

* *"Extraordinary Machine"*, Fiona Apple.

10 de outubro, 2020

Tem gordura ainda — não estou seca. Quero ser seca. Haha. Mas sério. Só preciso emagrecer mais um pouco. Isso até o final do ano. Já estamos em novembro. Difícil não vai ser. Já estou bem acostumada com comer bem pouquinho (hence o enjoo). Vou falar um negócio: pela quantidade que eu to comendo, devia estar beeem mais magra. Não estou falando isso com ódio ou tristeza — lembra que estou feliz? Ou melhor, bem. EU estou muito bem.

Honestamente, ainda acho muito injusto eu não estar seca. Eu quero isso! Sabe, eu tento muito! Me exercito todo dia, penso um pouco demais nas minhas refeições, vou à nutricionista… Estou até fazendo tratamento para combater gordura localizada!

Sei que tudo o que estou falando agora parece muito mais doentio do que aquilo que foi escrito pela Cecilia de 2020. Isso só prova que hábitos nunca morrem por completo – ainda mais se forem alimentados por uma cabeça que se odeia tanto quanto a minha. Ainda sinto nojo depois de comer, e uma culpa imensurável toda vez que não treino.

É… Essa não é exatamente uma história de superação. A jornada do herói que todos esperávamos, arruinada.

and she lived hopefully ever after

sétimo diário

escrito entre outubro e novembro de 2020

12 de outubro, 2020

Ironicamente, também estou comendo um pedaço de bolo agora. Não sei se tem lugar para me sentir culpada dessa vez – é como se a tristeza de agora não permitisse o mínimo espaço para qualquer coisa além dela. Comi um pedaço de bolo porque precisava de alguma coisa que associasse a um sentimento positivo, entende? Bolo é, na maioria das vezes, consumido em momentos felizes. Achei que poderia funcionar de alguma maneira. Estou escutando "Cruel Summer" do Bananarama, músicas dos anos 1980 me fazem feliz. Estou fazendo de tudo para tirar esse horror de dentro de mim.

Me lembro da culpa que sentia toda vez que comia alguma coisa, porque ainda sinto esse fantasma. Até que melhorei bastante. Quero dizer, a culpa não foi embora, mas diminuiu. A dor, no entanto, continua a mesma; e a vergonha também. É humilhante sentir vergonha de si mesma. Você já sentiu alguma coisa parecida? Se não, vou tentar explicar.

Sentir vergonha de si é sentir vergonha da sua própria existência. É sempre sentir que você é de mais ou de menos. É nunca se encaixar. É já chegar desconfortável em qualquer lugar e não conseguir abaixar a guarda. É estar sempre com medo, mesmo ao lado de pessoas que te conhecem e te amam, porque a ideia delas secretamente te odiarem parece verdadeira demais para você. É, claro, se distanciar de tudo e de todos. Se distanciar dos outros porque você não consegue se distanciar de si mesma. É ficar toda hora apontando defeitos na sua personalidade, no seu corpo e na sua mente. É questionar todo elogio, toda gentileza e todo sentimento positivo. É se esconder e fazer de tudo para não chamar atenção para si. É, às vezes, tomar as decisões erradas, só porque as decisões certas vão te tornar alguém melhor do que você acredita ser, e aguentar. É não aguentar. É não conseguir se ver como alguém que merece viver. É a vida em si se mostrar como algo a ser enfrentado em vez de desfrutado. É sentir vergonha toda vez que algo bom acontece. Ou, pior, é a impossibilidade de sentir que você merece coisas boas, ou que possa fazer algo bom – então você se apavora, porque, na sua cabeça, você não merece nada disso. É nunca merecer. É, simplesmente, se odiar mais do que tudo. Se odiar a ponto de achar que você não pode ser feliz nem comendo um bolo de aniversário. E que tudo você que faz é motivo de vergonha – nada nunca é ou será o bastante.

20 de outubro, 2020

21 de outubro, 2020

SEJA VOCÊ MESMA DE MANEIRA INCONSEQUENTE. FAZER O QUE VOCÊ QUER, SEM CULPA E SEM DEVER NADA PARA ALGUÉM. PASSAR HORAS OUVINDO MÚSICA PORQUE TE FAZ BEM, FAZER UM CORTE DE CABELO IMPULSIVO OU COMER UM POTE INTEIRO DE SORVETE. ESSE TIPO DE COISA. COISAS QUE TALVEZ FOSSE PENSAR DUAS VEZES ANTES DE FAZER. OU, QUANDO FAZ, FICA CULPADA. FODA-SE ISSO. RESPIRE POR UM DIA E VIVA INCONSEQUENTEMENTE. EU TE DESAFIO.

Mais uma tentativa inútil de me acalmar um pouco. É engraçado. Nunca adianta de nada, mas queria mesmo me desafiar a ter um dia sem preocupações. Sem pensar duas vezes, sem me questionar toda hora – só viver. Viver impulsivamente, como eu coloco no diário. Juro, estou sempre controlando tudo. Pensando agora, até quando me divirto estou verificando e monitorando tudo. É uma loucura. É exaustivo!

Às vezes sinto que herdei dos meus pais suas piores características. Não digo isso brava, acho cômico. Rir para não chorar, né? Pense bem. Eu tenho depressão vezes dois, sou alérgica vezes dois para um caralho, romantizo a melancolia igual a minha mãe, sou completamente antissocial como o meu pai – e, claro, por último, mas não menos importante, tremo igual a minha mãe. É desumano. Uma memória dela que tenho muito clara é do quanto sua mão tremia por nenhum motivo. E do quanto ela espirrava – e eu, obviamente, também espirro muito. E de todos os dias em que ela não conseguia sair da cama, afinal, também herdei seu pavor existencial. Uma merda. Não vou nem começar a falar o quanto sou parecida com o meu pai – praticamente a versão feminina dele. E ele é uma pessoa difícil de lidar, pergunte a qualquer um. É como uma criança de 12 anos com a genialidade de um mago de 300. Não gosta de conviver com outras pessoas além da família, diz que essa escolha de se excluir da sociedade foi sua e que a fez quando entendeu que o ser humano é uma grande decepção. Ele é o homem mais amável e atencioso que já conheci, mas difícil para um cacete.

Por que é que que estou falando tudo isso mesmo? Ah, sim. Não consigo relaxar. Faria qualquer coisa para conseguir ter um dia desses, impulsivo. Fazer tudo sem culpa, sabe? Cortar o cabelo, escutar música, tomar sorvete. Tudo sem culpa. Sem pensar duas vezes, sem tremer, sem suar frio, sem ficar ansiosa e com medo. Duvido que consiga. A ansiedade já é o padrão para mim, entende?

Me lembro do exato momento em que sentir esse aperto no coração virou normal na minha vida. Foi no sétimo ano. Esse foi ano em que mais sofri bullying – tinha doze, treze anos. Comecei ótima, com um grupo de amigos sólido e divertido. Me sentia em paz. Eis que eu, minha irmã e nossa melhor amiga, Ana Sofia, tivemos a genial ideia de viajar para a Disney no nosso aniversário. Seria realmente genial – nossos aniversários são próximos e minha mãe já tinha aceitado ser a adulta responsável. Decidimos, também, convidar outra amiga, a Ana Maria... Ela era a extrovertida entre nós, sabe? E estaríamos em quatro, o que seria perfeito para ir a todos os brinquedos, lá em Orlando.

O problema começou quando a mãe da Ana Maria não deixou ela viajar. Poxa, ficamos chateadas. E, inocentemente, eu e minha irmã comentamos com outra amiga, a Belisa, que a mãe da Ana Maria era protetora demais. E foi aí que deu merda de verdade. Belisa contou para a Ana Maria; a Ana Maria ficou PUTA com a gente e decidiu passar de nossa amiga a nosso pior pesadelo.

De um dia para o outro, ela conseguiu, com seu charme tóxico e extrovertido, virar a sala inteira contra nós. Odeio essa menina até hoje. Não dá para descrever o que é ter a sua turma inteirinha fazendo de tudo para te colocar para baixo todo santo dia. Bem coisa de filme, Ana Maria e Belisa colocavam o pé na nossa frente para tropeçarmos – e isso é apenas uma das várias coisas que aconteciam das 7h50 às 16h30, de segunda a sexta. Estou segurando o choro só de escrever isso, para você ter noção do nível do trauma. Tenho muito a dizer para toda essa gente, mas essa não é a hora.

Te contei essa história toda porque durante esse ano inteiro ia com o coração batendo forte para a aula. Me lembro de como doía, de como era um sentimento estranho, que achava que nunca ia me acostumar. Era um batuque dentro do meu peito, uma dificuldade de respirar e um sentimento de destruição iminente. Blá-blá-blá. Todos os sintomas de ansiedade que conhecemos. Mas, até aquele momento, nunca tinha sentido isso com tanta força. Achava que ia morrer toda manhã indo para a escola.

Um belo dia, a dor parou de ser tão surpreendente assim. Eu ainda sentia, talvez até mais forte do que nunca, mas ela já não me era estranha. Era quase um requisito para estar viva, sabe? É horrível pensar assim, eu sei. Foi nessa época que comecei a normalizar todos esses sentimentos horríveis.

Há alguns anos, quando tinha uns dezesseis ou dezessete anos, era comum eu chorar pensando em como criei a ideia de que me sentir horrível diariamente era normal. Como me fiz acreditar que isso era normal e que a minha vida sempre seria assim? Isso me deixa tão triste. Queria poder conversar com a Cecilia de treze anos e pedir para ela não fazer isso consigo. Não cair nessa de achar que se sentir horrível é ok. Não é. Não pode ser.

Não tenho nada a mais a dizer sobre esse episódio, além de pedir, amorosamente, para Ana Maria, Belisa e todos os outros que me fizeram normalizar a minha ansiedade irem se foder. Sério, odeio todos vocês até hoje. Sou rancorosa mesmo.

3o de outubro, 2020

O QUE EU TO SENTINDO É MUITO ESTRANHO. É MUITA COISA E EU NÃO ESTOU CONSEGUINDO ORGANIZAR A MINHA CABEÇA E ENCONTRAR A DOR. EU TO SENTINDO TANTO QUE NÃO ESTOU SENTINDO NADA. NÃO CONSEGUI SAIR DA CAMA QUASE O DIA INTEIRO E NÃO ESTOU CONSEGUINDO PENSAR MAS, AO MESMO TEMPO, TO COM VONTADE DE FAZER UM MONTE DE COISAS E COM MILHARES DE PENSAMENTOS SEM PARAR. NÃO SEI SE É ANSIEDADE, DEPRESSÃO, OS DOIS OU NENHUM DOS DOIS. A ÚNICA COISA QUE EU SEI AGORA É QUE NÃO SEI.

11 de novembro, 2020

Oh, mirror in the sky,
what is love?
Can the child within my
heart rise above?
Can i sail through the changing
ocean tides? Can i handle
the seasons of my life?
Well, i've been afraid of
changing 'cause i've built my
life around you
But time makes you
bolder
Even children get older
And i'm getting older
too.

* *"Landslide"*, *Fleetwood Mac.*

Sem sombra de dúvidas, "Landslide" do Fleetwood Mac é a melhor música de todos os tempos. Não estou exagerando – é a melhor música já escrita na face da Terra. Poderia parar por aqui porque as letras geniais da Stevie Nicks falam por si só, mas não seria um texto meu se não tivesse uma minicrise existencial envolvida. Então, vamos lá.

Como a Christine McVie uma vez disse, ela não entende nada do que sua companheira de banda Stevie Nicks quer dizer em suas letras sombrias e completamente metafóricas. E é verdade – é meio difícil decifrar o que as canções da autoproclamada "irmã da lua" significam. Ela pode muito bem estar cantando sobre algo 100% fantasioso, como um livro que ela leu e gostou (ela tem até uma música dedicada a *Crepúsculo*) ou sobre um dos casos amorosos mais icônicos da história do rock (Lindsey Buckingham, óbvio). Porém, o objetivo inicial da letra da música pouco importa quando se é uma poeta como Nicks.

Poderia passar hoooooras falando de quanto amo a Stevie. Claro que não sou a única menina de vinte e poucos anos que tem um amor descomunal por ela – Stevie Nicks é como um duende de uma terra muito distante e maravilhosa e MÁGICA. Uma entidade. Se tem uma pessoa nesse mundo que acredito que realmente pode ser uma bruxa, é ela. Stevie tem a magnitude e a clareza impecáveis de quem sabe o que quer e quem é. Sério, olha a carreira inteira dessa mulher. Não sei se você tem conhecimento, mas ela entrou no Fleetwood Mac só porque o Lindsey Buckingham se recusou a entrar sem ela. Ou seja, no início Stevie, basicamente, não foi desejada – ela era, de certa maneira, ninguém. Em pouco tempo, no entanto, criou uma misticidade em torno de si, que a fez ser quem é hoje. Pensa em Fleetwood Mac. Quem vem na sua cabeça? A Stevie. A mesma Stevie que não era nem para ter entrado na banda, em um primeiro lugar. E essa nem é a coisa mais totalmente icônica que ela já fez!

Bem, já te disse que posso passar horas falando sobre ela – li uma biografia não autorizada, além de milhares de outros livros sobre Fleetwood Mac. Acho que você já entendeu minhas hiperfixações, não é? Não preciso parar para explicar. Em vez disso, vou te contar do meu momento favorito da Stevie Nicks – para você entender quão icônica e genial e brilhante ela é. Eu amo tanto esse acontecimento específico que já escrevi mais de um trabalho para a faculdade sobre ele e todos receberam louvor. Não estou nem brincando.

Minicontexto: Stevie Nicks e Lindsey Buckingham eram um casal antes de entrar no Fleetwood Mac. Depois de entrarem na banda eles terminaram, mas ainda continuaram a trabalhar juntos. Lindsey Buckingham, se você não sabe, é o guitarrista do Fleetwood Mac. Mas, também, se você não sabe quem ele é, estou um pouco ofendida. Prefiro ele até mais que a Stevie, então assim… O que você está fazendo aqui se não sabe quem é Lindsey Buckingham? Ele escreveu músicas geniais como "Go Your Own Way" e "Walk a Thin Line". E preste atenção no quanto ele é bom na guitarra, é insano!

Voltando à história. Rolou todo um drama entre Lindsey e Stevie durante a gravação do segundo álbum, *Rumours* (considerado um dos melhores álbuns de todos os tempos, óbvio). Além do término dos dois, o baixista, John, e a pianista, Christine, também estavam se divorciando. Uma fofoca interessantíssima que recomendo a todos. Sério, dá um google. Ou lê o livro *Making Rumours*, do Ken Caillat – é daqueles de se perder na narrativa! Ideal para alguém como eu que ama fugir da própria vida.

Enfim, o que mais amo de todo esse drama é que ele gerou a música "Silver Springs". Infelizmente, ela foi cortada do álbum (o maior absurdo dos absurdos). Nessa música, a Stevie quase joga uma praga no Lindsey – e é perfeito! Ela canta: "Time cast a spell on you,/ But you won't forget me" e "I'll follow you down until the sound of my voice will haunt you". Puta meeeerda. Ela sabia no momento em que escreveu essa música que Lindsey nunca teria uma chance de esquecer a relação deles. E estava certa, né? Olha eu aqui, que não estava nem próxima de nascer quando Stevie escreveu "Silver Springs", falando sobre isso. A mulher está em outro nível de bruxaria e talento.

E ainda tem um vídeo... Meu deus, esse vídeo! Foi gravado em 1997, ou seja, vinte anos depois da Stevie ter criado essa praga genial em forma de música. Nesse vídeo ela encara o fundo da alma do Lindsey enquanto canta. Não consigo nem descrever. É simplesmente perfeito – está no YouTube e estou suplicando a você, pare tudo que está fazendo e vá assistir. Sendo mais específica, o último minuto e meio da gravação. Socorro. É insano! Não sei se estou sendo dramática ou não, mas esse é um dos melhores momentos do audiovisual de todos os tempos.

6 de julho, 2021

CECILIA... quero pazer esse cabelo igual da Stevie Nicks e quero aderir essa personalidade confiante e negra e brilhante e mágica e cativante dela, sabe? Quero se, esse tipo de mulher depois desses tempos?

    Queria ter o poder da Stevie Nicks, o poder de saber o quão especial eu sou. Não que eu me ache especial. Por isso mesmo gostaria de ser igual a ela. Aí me sentiria especial, e com razão, sabe? Me sentiria uma criatura mística e magnânima e importante. Seria absolutamente mágico. Teve um momento, na quarentena, em que fiquei tão louca com a grandiosidade da Stevie que cismei que gostaria de ter o cabelo igualzinho ao dela. Se você não sabe, meu cabelo é escuro. Mas o corte estava quase igual – juro! Só faltava virar loira. No final das contas, não consegui. Meio que comecei a clarear o cabelo, mas ficou um ruivo meio desbotado e feio e desisti. Percebi que fico horrorosa de cabelo claro. Nem conseguia me olhar no espelho – se já não tinha boa autoestima antes, estava mil vezes pior. Desculpa, Stevie, mas não vou conseguir te homenagear no quesito capilar.

———————

Agora, de volta para "Landslide", escrita pela rainha mística, Stephanie Lynn "Stevie" Nicks. A melhor maneira que consigo explicar o porquê dessa música ser tão importante para mim será nas palavras da atriz Billie Lourd. No aniversário de cinco anos da morte de sua mãe, Carrie Fisher, Billie postou um cover da música no seu Instagram. A legenda dizia: "Eu não sabia quem ser ou o que fazer depois que minha mãe morreu. Tinha medo de mudar porque construí minha vida em torno dela. E aí ela se foi. E tive que reconstruir minha vida sem ela. E não foi (e ainda não é) fácil. Mas o tempo me fez mais ousada. Nunca parei de sentir falta dela, mas tenho ficado mais forte a cada ano que passa."

Coincidentemente, tenho uma relação parecida com essa música. Quando vi o post, me lembro de entrar em estado de choque: era outra pessoa expressando exatamente como eu via a canção. "Landslide" é sobre aceitar o crescimento que vem ao longo do tempo. Seja a partir de alguém ou de um objeto e/ou de uma ideia, todo ser humano se desenvolve a partir de algo, e como a vida está em constante movimento, acabamos por perder esse algo em algum momento. E, deixa eu te dizer, é um sentimento bem terrível. É impossível se preparar para isso e, quando acontece, perdemos nosso chão.

É como se o tempo parasse e você quisesse ficar para sempre nessa pausa. É terrível ter que continuar após perder o que te ajudava a dar sentido à vida. Mas, nas palavras de Stevie Nicks, o tempo te deixa mais ousado – te dá a coragem de continuar. Crescer e, consequentemente, mudar é inevitável.

Dizendo tudo isso, até parece que eu consegui aceitar as minhas circunstâncias, né? Pelo contrário. A ideia de ser alguém que minha mãe não conheceu ainda me amedronta muito. Acho que essa é a principal razão pela qual eu odeio mudanças. E pela qual não consigo olhar para fotos minhas antigas. Perder o que te fez ser o que você é e, mesmo assim, ter que continuar a construir quem você vai ser é foda.

E eu sei que mudança é algo inevitável. Lutando contra ou não, ela acontece. Óbvio que estou ciente disso. Percebo a toda hora. Mesmo assim, luto contra ela. É uma batalha perdida, né? Não tem como vencer o tempo – ainda bem! Mas tem vezes em que você não está pronta. Sinto que nunca estou. Pronta para o tempo, quero dizer. Faz sentido? Não sei o que deu de tão errado em mim para não aceitar concepções tão simples: o tempo e a mudança.

Não consigo, por exemplo, aceitar o fato de que não posso mais ter a mesma relação de antes com as minhas melhores amigas de infância. É uma coisa que simplesmente não me desce – toda vez que penso nisso fico com uma vontade louca de chorar. E penso muito no assunto. Sei que, dentro de um círculo de amizade, se afastar faz parte, acontece com todo mundo, ainda mais se as amizades já têm mais de dez anos. Mas não serem mais elas quem procuro quando vou compartilhar qualquer bobagem me dói muito. Havia um tempo em que nós nos falávamos todo santo dia. Me lembro de passarmos o dia inteiro juntas na escola, chegar em casa e ligar para elas do telefone fixo. Passávamos horas conversando sobre qualquer coisa, sem medo de sermos julgadas. Hoje, passo dias – às vezes mais de um mês – sem me comunicar com elas. Não sei o que está acontecendo na vida das minhas amigas, e elas não sabem o que está acontecendo na minha. Isso me quebra mais do que consigo descrever.

12 de novembro, 2020

EU ME SINTO INAPROPRIADA

Eu não sei como me comportar. É como se eu não soubesse viver na minha própria existência. Eu sei que não faz sentido. A verdade é que eu não paro de questionar tudo o que eu faço. Será que eu falei a coisa errada? Será que eu não devia estar aqui? Eles me querem aqui? Eu me quero aqui? A existência é uma grande questão para mim. Quando é que eu vou me deixar encaixar?

Hoje é domingo. Sexta fui a uma festa universitária (eu sei, totalmente fora do que você esperava da minha personagem). No momento em que li isso que escrevi em 2020, me deparei com o fato deprimente de que dois anos não fizeram nada para mudar o sentimento de inadequação.

E não é nem culpa da festa – na verdade, tinha um grupo bem variado de pessoas lá. Não foi como se estivesse presa num local cheio de gente de outro planeta bem distante do meu. Era uma festa, principalmente, do curso de comunicação. Eu sei de comunicação. Aliás, é o assunto de que mais sei e que mais amo. Cinema, jornalismo, artes, cultura pop. São todos assuntos que sei e domino. Não deveria ter me sentido tão desconexa lá. Mas, puta merda, parecia que não conseguia fazer uma coisa certa.

Me lembro de um momento em que fui, sozinha, pegar algo para beber. Foi horrível. Vou falar isso uma vez e uma vez apenas: não coloquem pessoas para servir os drinks dos outros em "house parties". Eu posso muito bem me servir sozinha! Cheguei lá e o bar estava totalmente monopolizado por caras cabeludos que devem se achar os próximos David Lynch. O que eu pediria para um cara assim? O que essa gente bebe? Não sei! Posso pedir uma mimosa? Duvido que ele saiba fazer um bom manhattan, e eu me recuso a tomar cerveja. Não tem nem uísque disponível (graças a Deus, considerando meu histórico). Me entregaram uma cerveja – de jeito nenhum! Se tem uma coisa que não vou beber é pão líquido! Qual é o fetiche dessa gente pseudodiferentona com essa bebida? Ah, você é tão cool por tomar uma belgian-weizenbier-pale-ale-trufada- -com-toques-de-maçã. Vai se foder. Mas claro que não falei isso. Me embolei inteira tentando explicar que aquela bebida é como uma gordurinha a mais na minha barriga – sem dizer isso explicitamente, mas ele não entendeu. No fim, só berrei um "não bebo isso" como uma patricinha louca. Não sou patricinha. Devo ter acrescentado isso depois. Nesses momentos eu tento fazer piada, mas essa gente se leva muito a sério. Não consegui pegar nenhuma bebida. Péssimo.

O que me salvou foram os três amigos que levei para fazer minha linha de frente em uma festa universitária repleta de cinéfilos. Obrigada, Gustavo, Luca e Maria Antônia. E, claro, tinham amigos que já estavam lá. Obrigada, Lara, Isadora, Pedro e Renata. Sem vocês, eu, com certeza, teria me tacado do terceiro andar da casa maravilhosa em que estávamos e mudado a trajetória de vida de todo estudante que se encontrava naquele local numa sexta à noite.

Meus amigos se encaixam. Cada um da sua maneira, mas se encaixam. E se acham que não se encaixam, não se importam tanto quanto eu. Não consigo sequer existir sem essa vozinha na minha cabeça me lembrando, a cada segundo, do quanto sou inapropriada. Do quanto meus amigos estariam melhor sem a minha presença e de que as outras pessoas nem perceberiam minha ausência. Ou, se percebessem, ficariam aliviadas, pois aquele bicho estranho não estaria mais entre elas.

Não sei como mudar isso. Sei que nunca vou ser a alma da festa ou algo do tipo. Conheço muito bem os meus limites, muito obrigada. Só queria não ser tão desajustada, entende? Queria conseguir dançar com meus amigos sem me preocupar se outros estão assistindo, queria me soltar um pouco... Sei lá! Me lembro de andar por aquela festa cabisbaixa, com medo. Passava por rostos e rostos, que nem sequer me olhavam duas vezes e, mesmo assim, me sentia julgada. Sou tão horrorosa assim? Faz sentido o que estou falando ou oficialmente perdi a cabeça? Quero dizer, por que é que não consigo nem pensar em conversar com desconhecidos? Por que acho que vão me odiar? É tão estupido. Não consigo me imaginar existindo na vida de alguém, nem mesmo na dos meus amigos! Para mim, sou apenas uma inconveniência ambulante da qual eles têm pena demais para dispensar. O que possivelmente eu poderia adicionar à vida de pessoas completas? Pessoas que conseguem existir em uma festa sem questionar toda atitude que tomam, toda palavra que dizem, todo gesto que fazem a cada segundo que passa? Sem mim, meus amigos poderiam estar se divertindo mais. Sem o peso morto, sabe? Sem esse bicho tão estranho, inútil e inseguro.

Que bom que o resto das pessoas da festa não tem ideia de quem eu sou. Foram poupados. Honestamente, queria ter esse mesmo poder de me poupar da minha própria existência.

Eu não existo.

11 de outubro, 2022

PARA PROVAR PARA MIM MESMO QUE

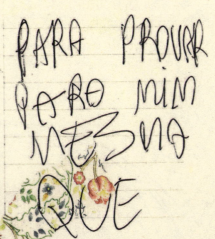

TENHO AMIGOS

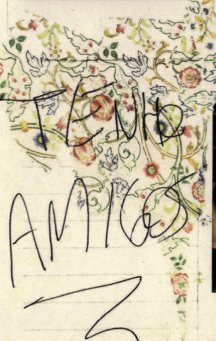

13 de novembro, 2020

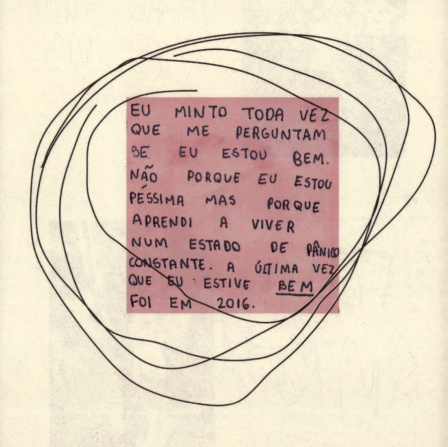

16 de novembro, 2020

* *"You Are The Blood"*, Sufjan Stevens.

18 de novembro, 2020

As vezes eu acho que eu nunca vou fazer nada com a minha vida.

As vezes eu acho que eu não sou nada especial!

As vezes eu acho que ninguém nunca vai se apaixonar por mim.

As vezes eu acho que eu nunca vou fazer sucesso algum? Por que eu tô aqui?

Eu nunca achei que eu fosse realmente um ser humano.

Eu sei que não faz sentido e eu mal consigo explicar o que eu quero dizer.

Como é que EU tenho as chances de viver?

EU posso fazer coisas que os outros fazem?

EU não sou nada.

Não consigo me ver como um ser humano funcional vivendo em sociedade. Eu sei que não faz sentido. Ou, se faz, deve ser motivo para uma terapia intensa e/ou uma internação imediata. Sei que é um pouco ridículo falar assim, mas é o que sempre senti. É insano pensar que eu até poderia ser alguém neste mundo. Para mim, eu não poderia ser nada. Ou melhor, já não sou nada. Deve ser algo que todo mundo sente, não? Já que estamos presos ao próprio corpo, nos conhecemos tanto que qualquer coisa que fizermos vai parecer um tédio. Me vejo assim, pelo menos. Nada que faço é remotamente especial. Sou uma ninguém. Não tenho uma mente genial ou um corpo incrível ou qualquer coisa que possa atrair qualquer tipo de atenção.

Você se sente assim? Preciso urgentemente saber se sou a única pessoa no mundo que sente que não deveria estar aqui. Que não cabe aqui. E não do jeito bom, do tipo "não sou daqui porque sou melhor do que tudo e do que todos"; e sim do jeito "puta merda, eu não sei ser um ser humano neste planeta". Bom, essa é uma pergunta estúpida. Sei que não sou a única – olha quantos suicídios acontecem.

O sentimento específico que estou tentando explicar é essa vontade de não ser nada porque nem sequer me acho o bastante para ser uma pessoa. É como se eu fosse um fantasma que, por algum motivo, todo mundo consegue ver. E, já que conseguem me ver, exigem que eu faça coisas. Mas como é que posso fazer coisas se sou um fantasma? Não faz sentido nenhum. Estou aqui, mas também não estou.

Estou presa demais a esse assunto? Talvez, né? De novo, quebrada demais – até mesmo para perceber que ser quebrada não deveria importar tanto assim.

AND SHE LIVED HOPEFULLY EVER AFTER...

oitavo diário

escrito entre novembro e dezembro de 2020

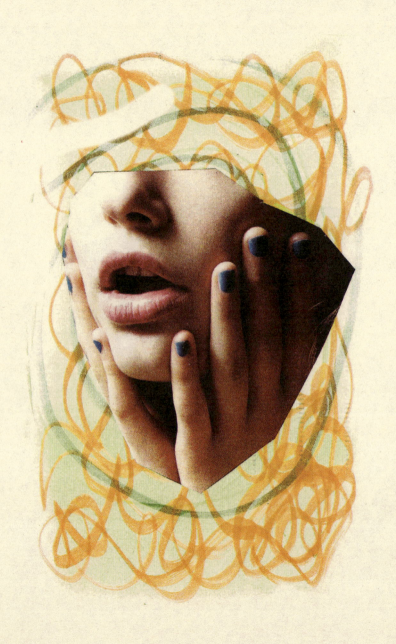

24 de novembro, 2020

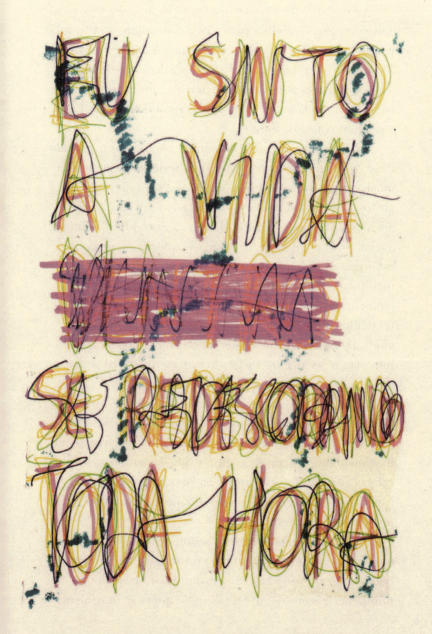

Eu sinto a vida se redescobrindo a toda hora. Não sei se é exatamente o caso mais. Ou se alguma vez foi o caso. Talvez seja, se você olhar para a vida como algo externo em vez de interno. Porque, com certeza, não usaria a palavra "redescobrindo" para definir a minha relação com a vida. Tipo, a minha aparência está, realmente, mudando, mas eu não. O mundo lá fora continua, o tempo vai andando. Eu, aqui dentro, fico na mesma.

Não sei se é coisa da minha cabeça, mas não mudo desde que tinha, sei lá, catorze anos. Sério, sou exatamente igual. O quão ridículo é isso? Ainda tenho os mesmos gostos. Estou, aliás, me viciando, de novo, em coisas que amava na pré-adolescência (leiam-se: 5 Seconds of Summer, Taylor Swift e mil séries de televisão, que não deveria estar reassistindo). A única "descoberta" que tive foi uma quantidade excessiva de traumas devida a circunstâncias também traumáticas e nada ideais para uma jovem que está tentando sobreviver a outros traumas menos sérios, mas ainda assim impactantes. Fui do bullying para o luto, do luto para o isolamento social, do isolamento social para a anorexia nervosa e por aí vai. Insalubre.

Talvez tenha sido essa a razão deste registro: sinto a vida se redescobrindo enquanto eu estou parada no tempo. Faz mais sentido. Quero dizer, eu não estava exatamente me movimentando para redescobrir a vida, ou a mim, quando escrevi isso. Só se você considerar passar duas horas se exercitando até a exaustão o mesmo que movimentar-se para redescobrir a si mesma.

Enfim, não vejo nada acontecendo para mim, entende? Vejo acontecendo para os outros, mas comigo, nada. Pode até parecer bem mesquinho e invejoso da minha parte, como se tivesse ódio de quem se movimenta enquanto eu fico parada. Mas, nesse caso, não é ódio dos outros, e sim de mim mesma. Eu me sinto incapaz diante do mundo. Não sei se são os antidepressivos ou sei lá, mas não quero me mover. Não quero me redescobrir, quero ficar na mesma. Se redescobrir requer trabalho e, no final, pode dar tudo errado. Não estou numa posição na qual fique confortável com qualquer mínima margem de erro. Prefiro ficar no conhecido – tudo já dói demais para adicionar um sofrimento novo ao meu dia a dia. Para evitar exatamente isso, fico imóvel.

Muita gente na minha vida poderia discordar dessa minha frase de que eu "fico imóvel". Estou trabalhando na Harper's Bazaar, terminando a faculdade, fazendo TCC, saindo com amigos que parecem não me odiar… Estou me movendo para um caralho – em teoria. Na prática, não estou fazendo nada, entende? O que estou fazendo por fora, não estou fazendo por dentro. Ainda sou a mesma boneca quebrada por dentro, não importa se fui enfeitada por fora.

Ok, por exemplo. Já mencionei minha relação nada saudável com *Glee*, né? Eu era viciada nessa série dos nove aos quinze anos. Como é que posso ainda sentir os mesmos sentimentos assistindo a essa merda, os mesmos sentimentos que sentia quando era uma menina que nem tinha menstruado? Que porra é essa? Pergunte para qualquer um que tenha assistido ao último episódio da primeira temporada comigo: eu soluço de tanto chorar da primeira à última cena – meu primo me disse que é assustador e só não é pior do que minha reação à cena do baile de *Carrie, a estranha* ou quando todos os estudantes morrem em *Les Misérables*. Não estou nem zoando, já foi assunto de terapia. E conheço essa porcaria inteira de cor, frase por frase, ação por ação, música por música. Por que é que ainda choro? Isso só pode significar que a minha cabeça não evoluiu nem um mísero neurônio durante todos esses anos.

Às vezes acho que eletroconvulsoterapia seria a melhor alternativa para mim – estou falando seríssimo. Sei que é uma ideia um pouco medieval, mas acho que no meu caso é a única solução. A imagem de um gel sendo colocado cuidadosamente nas minhas têmporas esquerda e direita, eu fechando os olhos e uma toalha posta na minha boca. Morder aquilo como se não houvesse amanhã, apertando os olhos. E o choque consertando tudo que há de errado comigo. Já imaginei muito essa cena. É feio confessar isso? Me desculpa. Sei que estou romantizando algo que não deveria.

A cada passo que dou para a frente, parece que dou trinta mil para trás. Fico presa nas mesmas questões e traumas e merdas na minha cabeça. Quero que o eletrochoque destrua meus pensamentos para sempre. É um ciclo vicioso do qual parece que todo mundo conseguiu sair, menos eu. Olho para as minhas amigas que, durante grande parte da minha vida, pareciam ser minhas almas gêmeas. Tínhamos os mesmos gostos, pensávamos igual e tudo parecia confortável. Agora vejo como elas cresceram e se tornaram seres humanos completos. Eu ainda sou aquela mesma criança traumatizada pelos anos e anos de bullying e insegurança. Não tem nada que eu possa ou queira fazer sobre isso. Fico berrando para elas me esperarem, mas elas não parecem escutar. Eu não posso culpá-las – acho que também não esperaria uma covarde como eu.

Além disso, não vou ser a escrota que atrasa o desenvolvimento dos outros – o redescobrimento, como coloquei no diário. Então, o isolamento é, normalmente, a resposta mais adequada para permitir que aqueles que você ama continuem a viver. Fujo, ignoro mensagens, crio desculpas para não encontrar as pessoas ou sair. Tudo menos aceitar o fato de que fui deixada para trás e que a culpa é minha.

Isto não é uma carta suicida, não se preocupe. Não faria algo assim porque sou covarde. É essa coisa de não conseguir me mover, entende? Nem isso consigo fazer. Nem sequer consigo acabar com tudo porque tenho medo de existir depois desta vida. E se eu morrer e me tornar algo além do que sou agora? Então, só fico parada. Sempre parada enquanto os outros se movimentam, fazem coisas incríveis e são pessoas incríveis. É foda.

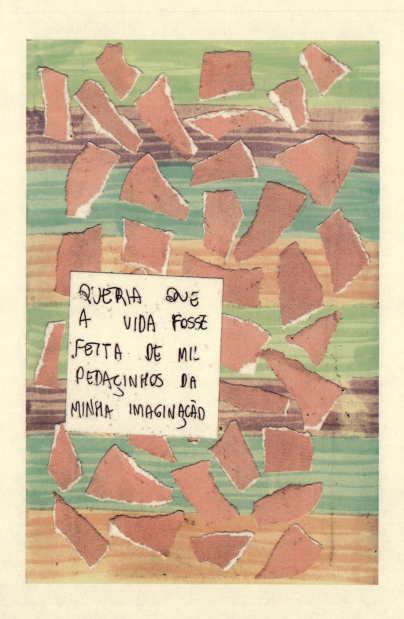

ISSO É SOBRE AS PARTES BOAS DA MINHA
IMAGINAÇÃO.

BEM LONGE DA IMAGEM DA REALIDADE.

É SOBRE AS COISAS COMPLETAMENTE IMAGINADAS
E CRIADAS PELA MINHA CABECINHA FÉRTIL.

LEMBRETE: UMA VIDA INTERNA MUUUUUITO RICA.

PORQUE EU AMO CRIAR HISTÓRIAS QUE SE PASSEM
BEM LONGE DE MIM E BEM LONGE DA MINHA
REALIDADE.

TALVEZ ISSO PROVE QUE EU POSSO SER UMA BOA
ROTEIRISTA.

ADORO IMAGINAR MUNDOS E DIÁLOGOS E
PERSONAGENS.

FOI ISSO QUE QUIS DIZER NO MEU DIÁRIO.

MAS, COMO JÁ DISSE, ESSE MEU DEVANEIO
EXCESSIVO PODE DAR MERDA.

ENTÃO, UMA VIDA FEITA DE MIL PEDAÇOS
IMAGINADOS POR MIM TALVEZ NÃO SEJA TÃO
SAUDÁVEL ASSIM.

27 de novembro, 2020

E AGORA

UMA TENTATIVA

BEM IDIOTA,

BEM BURRA,

BEM PATÉTICA,

BEM RIDÍCULA,

VERGONHOSA E

HUMILHANTE

DE FAZER

VOCÊ

GOSTAR

UM POUCO,

SÓ UM

POUQUINHO,

SÓ UM TANTINHO

MAIS

DE MIM:

Eu acho que eu sou empática até demais. Eu sei que isso pode parecer até uma coisa boa, mas para mim não é. Eu ~~atua~~ prefiro ir além das minhas possibilidades mentais e físicas do que imaginar que eu vou fazer uma pessoa qualquer se sentir mal. Sério, eu nem preciso conhecer o sujeito. Me coloca um estranho falando que está triste.... Isso tem o poder de me destruir completamente. Vira um empecilho! É assim que se escreve essa palavra? Uuuuh, palavras grandes e chiques. Bom, tudo isso para dizer que eu estou na aula de um homem que eu nem sei quem é porque eu fiquei imaginando a decepção dele abrir a câmera e não ter ninguém lá. Nenhuma outra razão, só o fato que isso arruinaria o meu dia e eu não queria arruinar o dele.

But it is no new phenamenon in the history of the human heart to find that some of the most gentle and loveliest of human creatures are capable of the highest efforts of perversion.
(sweeney Todd)

* Sweeney Todd: The String of Pearls, *James Marcom Rymer.*

É muito mais fácil acreditar que, se você tivesse mais ou menos de algo estaria melhor na vida. Culpar o que você tem ou o que não tem em vez de enxergar aquilo pode estar errado na sua relação com a própria cabeça. Tem muita merda dentro da nossa cabeça, mas isso é óbvio. E mais óbvio que isso: é impossível se livrar de toda essa merda.

queria bloquear determinados sentimentos específicos: culpa de ter comido, senso do ridículo excessivo, vergonha dos meus gostos pessoais e inveja de uma realidade que não é a minha. se eu eliminasse esses quatro da minha vida eu estaria ÓTIMA. Mas isso não é possível então o que eu acho que eu posso fazer é fingir que eles não existem. O problema disso é que isso TAMBÉM não é possível. Tanta pouca possibilidade num mundo tão cheio de possibilidades. Deus, reve isso aí. Adicionar um software de edição de emoções. Essa versão emotiva tá velha e chata.

O mais ridículo de tudo é que isso que escrevi em 2020 ainda me parece verdade na minha cabecinha dodói de 2022. Ou melhor, acho que pelo menos posso ter me livrado, levemente, do senso do ridículo excessivo. Uso roupas bregas e ridículas e exageradas sem pensar duas vezes, por exemplo. Isso deve provar que uma parte de mim melhorou, né? Pelo menos uma mísera parte. Uma miniparte da minha personalidade quebrada que não é mais tão quebrada assim. Fico falando que fiquei para trás, que os outros cresceram e eu fiquei na mesma… Posso me parabenizar por ter melhorado, ao menos em um aspecto dessa minha merda de cabeça? Se não puder, está tudo perdido para mim mesmo.

Tão pouca possibilidade num mundo tão cheio delas.

28 de novembro, 2020

29 de novembro, 2020

~~Pra~~ Por que é que você não libera nem um dia de felicidade? Por que todo dia tem que ser uma luta ~~interna~~? Você me machuca tanto. Nada que eu faço é bastante. Qualquer coisa boa que eu faça é ofuscada por um defeito. não importa o quão mínimo ele seja. Eu sei que é difícil mas também sei que você é forte o bastante. Olha pra quanta coisa que você passou. Já desafiou coisas mais difíceis do que me amar. Me prometa que vai tentar.

Quem te disse que o meu corpo não é lindo e minha mente interessante? Por que é que você prefere escutar eles do que eu? Ninguém pode te amar mais do que eu. É triste que tenha que te falar tudo isso — deveria ser óbvio. Pense em quem você está maltratando e por que. Você está me maltratando para agradar os outros? Eu sou a única pessoa que nunca vai te deixar por hipótese alguma. Aprenda a me apreciar, a me tratar com carinho e a me entender. Não falo isso por nada além de seu próprio bem. Me ame.

01 de dezembro, 2020

Você já se perguntou durante algum momento deste livro, por que caralhos estou sendo tão honesta? Para mim, é pateticamente óbvio. Eu preciso ser amada. Eu preciso que gostem de mim. Eu preciso que VOCÊ goste de mim. Lembra toda aquela merda, de que fico parada no tempo enquanto os outros se movimentam? Percebi que fico toda hora repetindo para mim mesma que este livro será o meu grande plot twist. Ele vai mudar tudo, porque com ele eu vou convencer você a gostar de mim.

Quem é você? Bom, não importa. Não importa quem, só quero ser amada. Quero que me veja além da monstra que acredito ser. Que perceba algum valor que eu mesma não consigo perceber de jeito nenhum. Na minha cabeça, este livro pode mudar tudo. No final, é isso que todo mundo quer, não? Ser amado, ser apreciado.

Não quero dizer que acho que não sou amada – sei que sou, ainda bem. Mas o que quero, e isso pode parecer narcisista, é o amor de estranhos. Eu quero o amor de estranhos. Este livro, para mim, pode mudar tudo. Vou poder, finalmente, parar de me sentir tão estranha, que não tenho lugar neste planeta. Se alguém que nem me conhece na vida real achar conforto aqui comigo, achar que eu tenho algum motivo para existir – isso deve significar alguma coisa. Tem que significar.

Estou parecendo uma louca? Você vai gostar menos de mim por causa disso? Espero que não. Juro que não sou uma narcisista louca – só quero muito que você goste de mim. Quero que você me veja como uma pessoa que merece estar viva. Me desculpa por colocar toda essa pressão em você. Não desiste de mim, por favor. Se você desistir de mim, não sei o que vou fazer. Preciso de você aqui.

Eu sou patética.

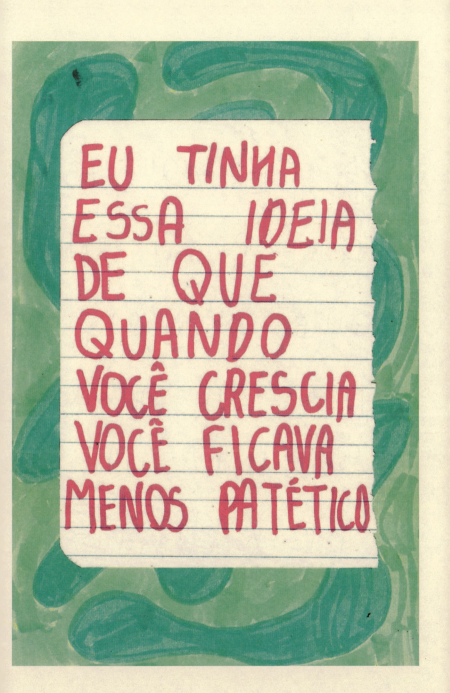

02 de dezembro, 2020

04 de dezembro, 2020

FICAR SOZINHA
É SUFOCANTE.

FICAR SOZINHA
É SUFOCANTE.

FICAR SOZINHA
É SUFOCANTE

(EU TO PRECISANDO RESPIRAR)

06 de dezembro, 2020

... AND I SEEM TO HAVE SUCH STRENGTH IN ME NOW, THAT I THINK I COULD STAND ANYTHING, ANY SUFFERING, ONLY TO BE ABLE TO SAY AND TO REPEAT TO MYSELF EVERY MOMENT, 'I EXIST'. I'M TORMENTED ON THE RACK — BUT I EXIST! THOUGH I SIT ALONE ON A PILLAR — I EXIST! I SEE THE SUN, AND IF I DON'T SEE THE SUN, I KNOW IT'S THERE. AND THERE'S A WHOLE LIFE IN THAT, IN KNOWING THAT THE SUN IS THERE.

* Os irmãos Karamázov, *Fiódor Dostoiévski.*

Uma frase de *Os irmãos Karamázov* porque… Sei lá. Tentar entender o que estava se passando na minha cabeça durante esse tempo de quarentena está sendo mais difícil do que imaginei originalmente. Eu nunca li *Os irmãos Karamázov* – muito menos em inglês. Não faço a mínima ideia de onde tirei isso. Em vez de investigar isso, vou pirar muito na maionese. É assim que se fala, né? Acordei hoje um pouco confusa.

Como Dostoiévski disse, eu existo! Eu existo, eu existo, eu existo. Tenho que repetir a toda hora. Tenho que entender que existir também está nas pequenas coisas, acho. Fico procurando existir de maneira gigantesca e esqueço que existir pode ser nos detalhes. Eu existo, eu existo, eu existo.

Escolher um vestido que me lembre a Hope Sandoval e usá-lo no meu último dia na casa de Gonçalves. Comer biscoitos Belvita (meus favoritos) com um café com leite pela manhã. Escutar "Falling" da Julee Cruise enquanto finjo ser uma personagem de *Twin Peaks*. Quando um amigo manda uma mensagem que me faz, genuinamente, cair na gargalhada (não apenas um simples "kkkk"). Fofocar sobre as Kardashians como se fossem amigas próximas. Berrar e dançar "Tymbs (The Sick in the Head Song)" da Fiona Apple, sem pensar em ninguém em particular, mas performando como se estivesse. Conseguir comer uma barra de chocolate sem pensar demais. Ler um livro ou assistir a um filme ou escutar uma música que me entende. Achar um sapato vintage no armário da minha mãe que cabe perfeitamente em mim. Chegar em casa depois de uma festa e tomar o melhor banho de todos. Passar horas vendo vídeos no YouTube e no TikTok sem sentir a mínima culpa de que deveria estar fazendo algo útil. Ter um estranho abrindo a porta para mim em algum lugar público. Coisas idiotas assim, mas que fazem toda a porra da diferença no final do dia. Eu existo, eu existo, eu existo.

08 de dezembro, 2020

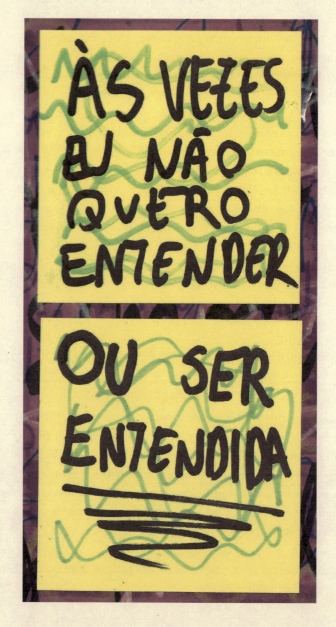

14 de dezembro, 2020

dramatic weight loss; is preoccupied with weight, food, calories, fat grams, and dieting; complains of constipation, abdominal pain, lethargy, and/or excess energy; develops food rituals; cooks meals for others without eating; expresses a need to "burn off" calories taken in; maintains an excessive, rigid exercise regimen; has intense fear of weight gain; has disturbed experience of body weight or shape; feels ineffective; shows inflexible thinking; has restrained emotional expression.

stomach cramps; non-specific gastro-intestinal complaints; dizziness; sleep problems; menstrual irregularities.

ANOREXIA NERVOSA

Quando me falaram que eu tinha anorexia nervosa, não acreditei. Talvez pelo fato de não me achar humana o bastante, lembra? Nunca imaginei que algo como anorexia nervosa acabaria acontecendo comigo. É o tipo de coisa séria e humana demais para se passar com a merda inútil que sou. Essa realidade não deveria ser nem uma possibilidade cósmica factível.

Esse foi o mesmo tipo de sentimento que tive quando minha mãe morreu. São dois momentos da minha vida que, para mim, são coisa de filme, que não podem ser parte da realidade. É tão extremo, que parece que estou observando o que está acontecendo com outro alguém. Eu desassocio. Não é comigo; não pode ser comigo. Esse tipo de tragédia não deveria existir para ninguém, então, certamente, não pode existir para mim.

É como se na hora em que você descobrisse algo horrível e cinematográfico na sua vida, sua alma saísse do seu corpo para olhar tudo como um narrador onisciente. Essa é a imagem. Aquilo não está acontecendo com você; não pode estar acontecendo com você. São situações que só ocorrem em filmes – e quem sou eu para esse tipo de coisa acontecer comigo? Eu não sou nem a protagonista da minha própria vida.

Foi a Patrícia que me "diagnosticou" com anorexia nervosa (coloco entre aspas porque ainda não consigo aceitar que isso foi real – algo um pouco infantil da minha parte). Foi uma sessão bem impactante. Em meio a toda a baboseira sobre não conseguir sentir nada remotamente positivo e que eu precisava de ajuda, soltei alguns detalhes meio horripilantes da minha relação com comida e exercício.

A reação foi assustadora, os olhos dela esbugalharam e parecia que eu tinha acabado de confessar um assassinato. Mas, quando ela disse o diagnóstico oficial, juro que comecei a rir. Parecia que tinha entrado em uma série dramática adolescente e não fazia ideia de como tinha chegado ali. Até hoje não consigo dizer que tive anorexia sem achar levemente cômico. A Patrícia começou a falar que era sério e que eu poderia acabar morrendo. Quase olhei e falei: "Bom, pelo menos iria resolver a minha tristeza crônica, que você parece não conseguir curar."

Não me entenda errado, juro que levo muito a sério o meu diagnóstico de anorexia nervosa. Aliás, é uma das coisas que mais me doem na vida – ter me colocado nesse lugar faz com que eu sofra até hoje as consequências. Não que me doa porque eu me machuquei, mas porque machuquei minha família e quem se importava comigo. Sei que meu pai se abala quando nego pôr um pedaço de biscoito na boca. Sei que minha irmã me observa com um pouco mais de atenção quando estamos na cozinha juntas. Minha terapeuta pergunta muitas vezes se estou me alimentando; minha tia me olha com orgulho toda vez que como qualquer coisa. Todo mundo que sabe sobre o meu diagnóstico toma um cuidado excessivo ao falar de qualquer coisa que envolva "comida"... É um tanto enlouquecedor. Minha amiga Izabella, agorinha mesmo, me fez sentar à mesa para comer, porque "não tinha comido direito o dia inteiro", devo ter mencionado algo para ela. Ao mesmo tempo, não consegui pedir nada "pesado". Não consigo. É um bloqueio. Fico fazendo contas na minha cabeça, tentando imaginar o que será menos calórico. Comparo o que como com o que ela come – como se o fato dela comer mais do que eu conseguisse eliminar as minhas calorias. É patético. Não sei se ela percebe ou não. Fiquei me sentindo culpada para um cacete com isso, mas sei que ela só me chamou para jantar porque se importa.

Esse é outro problema. As pessoas se importam demais se estou comendo ou não. Puta merda, isso é problema meu! Já é foda viver com o que passa pela minha cabeça – não dá para aguentar também a opinião alheia. Ao mesmo tempo, devo ser uma filha da puta por estar reclamando das pessoas se importarem se estou me alimentando ou não. Ignoro, por exemplo, a minha nutricionista sem nenhum motivo, além de estar triste demais para falar do meu cardápio semanal. E ela é tão compreensiva. Que merda. Qualquer um que se importa comigo merece outra pessoa tão melhor do que eu.

conformismos é muito
um absão de
confortante e
sou vítima dele.
eu odeio me
machucar.

me prometa
que a
destino não
vai me
destruir mais
do que já
destruiu.

herança cultural
não elimina a
eu herança psicológica
não que ela me elevou

gasto de
sentir ninguém 2020
todo sabado / domingo
e se sabe
medo que poderia
ser escondido
de diferente
na nossa
vida

dezembro
uma
vida cheia
de momentos
maravilhas,
receios, medos,
sustos, perguntas
e sonhos.

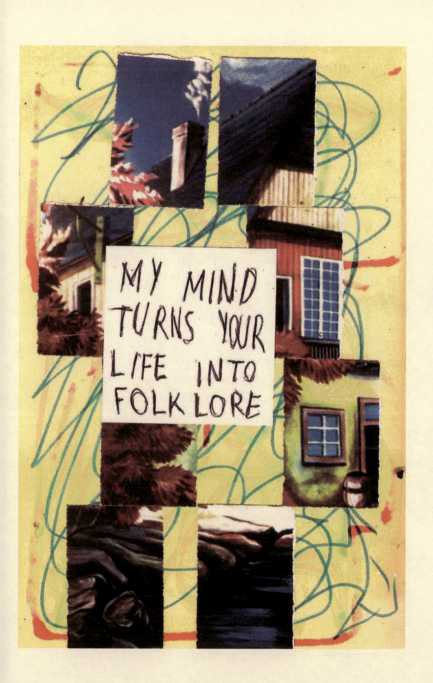

É bizarra a quantidade de colagens que fiz com músicas da Taylor Swift – uma atividade que define muito a minha quarentena (acredito que defina diversas quarentenas). Essa aí é de "gold rush".

Um assunto muito sério: eu AMO a Taylor Swift. Me lembro de que, aos oito anos de idade, fiz meu pai dirigir até o shopping Iguatemi para comprar o CD de *Fearless*. Tenho a memória específica de segurar aquilo na minha mão na loja como se fosse algo sagrado e fazer o meu pai escutá-lo enquanto voltávamos para casa. Aquele álbum era uma Bíblia sonora para mim na época. Sendo honesta, é uma Bíblia sonora até hoje. "Hey Stephen", "The Way I Loved You", "Forever and Always"... Obras-primas! Obras de arte.

Aos doze anos, briguei feio com os meus pais e me escondi na varanda por horas. A única coisa que fiz, além de chorar loucamente como se tivesse acabado de ser exilada de casa, foi COMPRAR o filme animado *Lorax* no iPad e assistir àquilo duas vezes seguidas. Por quê? Porque a Taylor Swift dubla uma das personagens. Se gostei do filme? Não, mas tinha a Taylor Swift.

Aí, claro, teve a terceira guerra mundial no final de 2012, quando saíram fotos do Harry Styles com a Taylor Swift em um parque em Nova York. Os dois estavam de mãos dadas, e isso foi o bastante para transformar a minha irmã em uma víbora antifeminista. Ela começou a xingar a Taylor, como se, algum dia, pudesse ter uma chance com o Harry. Delirante. Óbvio que defendi a minha diva do country/pop. Como toda boa briga entre duas irmãs de doze anos sempre acaba, essa terminou comigo atacando-a depois de termos berrado uma com a outra por uns quinze minutos ininterruptos. Mas não foi um simples tapa no braço ou um empurrão – eu a ataquei de verdade. Pulei em cima da menina e cravei as unhas no peito dela – parecia que um leão tinha rasgado minha irmã toda. Ela jorrava sangue, foi meio assustador. Não me arrependo, porque consegui defender a honra da Taylor. Toda e qualquer consequência que sofri por causa disso valeu a pena.

Ah, pulemos no tempo para julho de 2022! Por alguma sorte do universo, o MILAGRE aconteceu. Não me diga que estou exagerando, por favor. Para mim esse foi um momento decisivo. Qual foi o momento? Bom, eu vi Taylor Swift ao vivo. Desde então, só há dois períodos na minha vida: pré-Taylor Swift e pós-Taylor Swift.

Tudo começou em uma bela manhã de maio, quando estava vendo os eventos que aconteceriam em Londres em julho de 2022, onde passaria duas semanas de férias com meus irmãos. Com uma sorte inacreditável, vi que iria ter o último show da turnê de uma das minhas bandas prediletas, Haim. Em um ato completamente apaixonado e nada racional, comprei ingressos, antes mesmo de ter fechado passagens. Oooops.

Quase dois meses depois, lá estava eu na fila do show, horas antes de abrirem os portões. Estava sozinha e, deixa eu te dizer, ficar sozinha em uma fila de show, realmente, não é tão divertido assim. Além do tédio insano, você se sente solitária para um cacete. Fiquei observando as outras pessoas. Na minha frente, por coincidência, tinha um ator da Broadway que eu conhecia. Ele havia feito *Falsettos*, um dos meus musicais prediletos, mas achei que seria muito estranho puxar conversa naquele momento. Pensando agora, é bem provável que ele ficasse lisonjeado com uma menina aleatória na fila de um show em Londres sabendo quem ele era. Tinha um outro menino, com uma camiseta de um tour anterior das Haim, achei interessante e fiquei com vontade de perguntar para ele sobre como elas eram ao vivo – estava ansiosíssima para vê-las, claro. Ele estava com um grupo grande de amigos e não tive coragem.

Outra personagem que percebi na fila foi uma menina sozinha com um livro. A presença dela me acalmou. Havia mais alguém solitário lá e isso não parecia afetá-la como me afetava. Queria conseguir ter a mesma postura emocional.

Um pouco mais tarde, me encontrei ao lado dessa menina, pertíssimo do palco, esperando o show começar. Dessa vez, puxei conversa. O nome dela era Spring e sua música preferida das Haim era "Summer Girl" (a minha é "Now I'm In It"). Perguntei a que shows ela tinha ido por aquela época. Ela falou sobre uns que fingi conhecer, outros que conhecia, mas que não era tão fã (mesmo assim, fingi um entusiasmo louco). Comentei que era a minha primeira vez vendo as Haim, e era a dela também! Contei que veria o show da Phoebe Bridgers em alguns dias, ela negou conhecer, mas uma menina que estava atrás da gente entrou na conversa e disse que também estaria lá. Me animei e comecei a pintar o cenário monstruoso de um show no Brasil. Empurra-empurra, sede horrorosa, brigas descomunais, dor no pé, desmaios. O que estávamos vivendo ali era tudo muito mais calmo. No meio da conversa, descobrimos que dividíamos um amor insano pela Taylor. Desatamos a falar sobre como ela é uma verdadeira poeta e todo esse discurso emocional típico de swifties (como nós, fãs da Taylor, nos chamamos). Eu, meio que brincando, questionei se ela achava que tinha alguma possibilidade de a Taylor estar lá no show. Afinal, ela estava em Londres e é superamiga das meninas da banda. Nós rimos, e fantasiamos como seria vê-la ao vivo.

Corte seco, próxima cena – isso acontece na nossa frente:

Acho que não preciso te dizer que surtei, né? Queria conseguir colocar um vídeo aqui no livro para que você pudesse escutar o ruído que soltei quando ela entrou no palco. Juro, senti a minha perna TREMER. Sou trêmula, mas nunca tinha chegado a esse ponto. Virei para a Spring, que eu conhecia há pouco mais de meia hora e agarrei a mão dela como se fôssemos melhores amigas de infância. Começamos a pular igual a loucas, berrando junto da Taylor a parte dela na música "Gasoline". Puta merda, estávamos cantando com a Taylor Swift a menos de cinco metros na nossa frente. Foi insano. Considero a Spring uma das minhas melhores amigas agora, mesmo que ela não saiba. Não tem como passar por um momento decisivo como VER A TAYLOR SWIFT e não formar um laço para a vida toda. É tipo ir para a guerra – irmãs para sempre!

    A parte mais engraçada foi que, logo após a Taylor aparecer, comecei a receber mil notificações, e eu sabia que eram meus amigos preocupadíssimos com a minha saúde física e mental. Até pessoas que não a suportam me perguntaram se eu estava bem. Um momento bem icônico, na minha singela opinião.

Por que estou falando tudo isso? Bom, sei lá. Se você me der qualquer chance de falar de Taylor Swift, eu não vou calar a boca. E achei essa uma boa pausa de todo aquele papo pesado. Estava com muita lágrima para pouca risada, entende? Não gosto disso. A vida pode ser deprimente, mas também tem seus momentos de êxtase.

E, claro, também gosto de doutrinar os outros. Se você já não ama a Taylor, saiba que é isso que estou tentando fazer aqui. Espero ter despertado em você a vontade de escutar todas as músicas dela. A vida é muito curta para não amar Taylor Swift. Estou te fazendo um favor!

Mais uma colagem sobre a Taylor, porque duhhhh:

* *"seven"*, Taylor Swift.

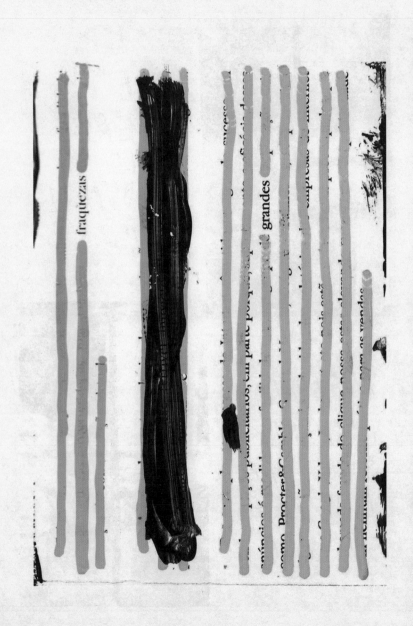

15 de dezembro, 2020

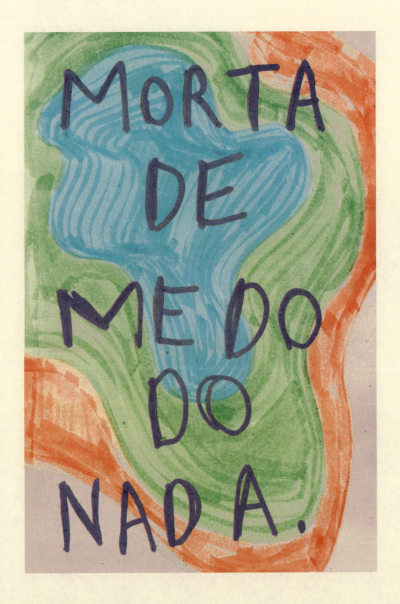

semana 50

NÃO. ESTOU CONSEGUINDO

quinta 10

DORMIR. NÃO ESTOU SENTINDO NADA PORQUE ESTOU SENTINDO TUDO. PRECISO DE SEGURANÇA.

sexta 11

ESTOU ASSUSTADA. SÃO DUAS DA MANHÃ E EU ESTOU ASSUSTADA. SÓ QUERO ESSA

sábado 12   **domingo 13**

INCONSCIÊNCIA DO SONO. NÃO QUERO ESTAR MAIS ACORDADA. NÃO QUERO PENSAR.

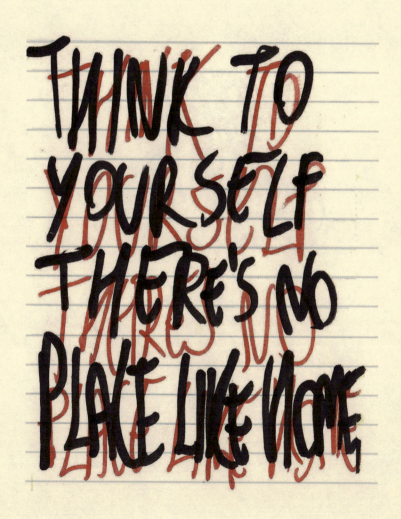

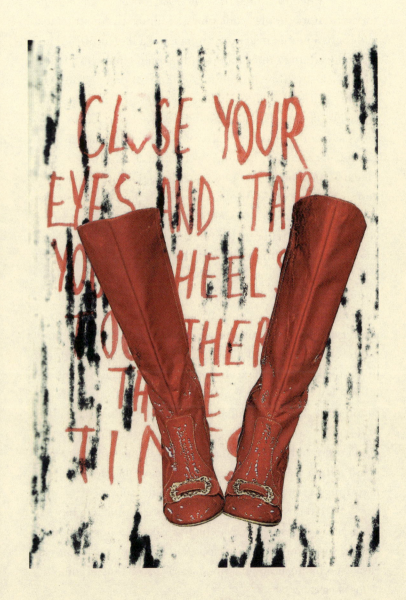

Encontrar uma frase de *O mágico de Oz* aqui me fez sorrir. Sempre fui obcecada por esse filme. Aos quatro anos, pedi para a minha mãe uma roupa igual à da Dorothy. Como Fernanda Young nunca foi de entregar algo malfeito, ela foi até uma costureira e mandou fazer um vestido igualzinho ao da Judy Garland. Meu primeiro emprego foi como assistente de produção de uma montagem de *O mágico de Oz*, aos dezessete anos de idade. Tenho uma Barbie da Dorothy que ganhei aos sete anos e nunca tirei da caixa (ela é preciosa demais). Não consigo escutar "Over The Rainbow" sem chorar copiosamente. Minha mãe sempre foi obcecada pelo Homem de Lata, ela achava linda a metáfora de querer um coração. Tem um monte de bonecos dele espalhados pela casa. Esse filme sempre fez parte da minha vida.

Não sei exatamente por que *O mágico de Oz* me toca tanto, tirando os motivos óbvios já citados. Começo a tentar fazer alguma conexão com a frase no diário, "aprendendo a aceitar que nada vai voltar a ser como era antes". Acho que o que a Dorothy faz no filme inteiro é o exato oposto. Quero dizer, a vida dela muda e ela percebe que não era isso que ela queria. Foi o que aconteceu comigo, de certa forma. Faria de tudo para bater os calcanhares três vezes e voltar para o lugar onde tudo era confortável, onde todos os que me amavam ainda estavam lá e eu não me odiava. Não me sinto em casa nessa minha realidade de agora. Isso não está nada bem, por mais que eu tente me fazer acreditar que está.

Bata os calcanhares três vezes e repita: não há lugar como a nossa casa. Não há lugar como a nossa casa. Não há lugar como a nossa casa. Não há lugar como a nossa casa. Não há lugar como a nossa casa. Não há lugar como a nossa casa.

APRENDENDO A ACEITAR QUE NADA VAI VOLTAR A SER COMO ERA ANTES. TUDO BEM COM ISSO.

VONTADE DE
CRIAR HISTÓRIAS
QUE CONFORTEM
AQUELES COMO
EU.

I'M A RESONANT BODY WITH ELBOWS AND TOES DRUM MY RIB CAGE RELEASE MY DISSONANT TONES

* *"Resonant Body"*, Maggie Rogers.

20 de dezembro, 2020

E agora, um resumo de toda a ópera:

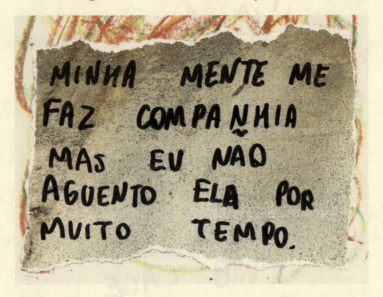

Me pergunto se forçar você a ficar aqui lendo todos os meus pensamentos – dos quais estou tão desesperada para me livrar – seria algum tipo de tortura. Se bem que não estou te obrigando a nada. Se tem alguém ainda lendo isto aqui é por decisão própria.

Acho que talvez não seja tão ruim assim para terceiros quanto é para mim, porque não são eles que convivem com a minha cabeça. Não aguento mais, de verdade. Me falam que é uma dádiva ter uma cabeça funcional, porém às vezes parece mais algum tipo de maldição e pesadelo que nunca acaba.

É insana essa ideia de se sentir presa na própria cabeça, porque realmente não existe outra opção. E essa pode se tornar a pior prisão que existe, se formos parar para pensar no assunto. Talvez por isso Sylvia Plath tenha se matado, Dylan Thomas tenha bebido tanto e Lenny Bruce tenha tido uma overdose. Seria feio tentar adivinhar o motivo da morte dos outros? Se sim, me desculpa. Eles me vieram à cabeça porque sei que a realidade os machucava tanto quanto me machuca. Quero dizer, deduzo isso por tudo que li, vi e escutei sobre cada um.

A minha questão é: a realidade era mesmo tão dolorosa quanto a cabeça deles fazia parecer? Estou começando a acreditar que a minha mente me machuca muito mais do que qualquer coisa que de fato que tenha acontecido comigo. Até hoje acreditei ser forte o bastante para aguentar o que quer que seja – e que por isso sobrevivi a tudo que me aconteceu. Mas, e se nada for tão ruim assim? E se, na verdade, foi a minha cabeça quebrada a responsável por me fazer sofrer tanto? Eu estaria melhor agora? Pessoas se vão todos os dias. Pessoas lutam contra transtornos mentais todos os dias. Por que acho que eu sou a sofredora? Por que acho que tenho a tendência de ser e estar pior do que todos os outros ao meu redor? Por que a minha cabeça me deixa acreditar que sou a pior pessoa do universo? Não sei nem se isso é egocentrismo da minha parte ou apenas autoestima baixa para um cacete. Não consigo entender o que a minha cabeça quer que eu faça com todas essas ideias horríveis que existem dentro dela. Eu realmente acredito que sou um caso perdido? Que todos merecem viver, menos eu?

Olho para o meu corpo no reflexo do espelho e tudo que vejo é um monstro que não sabe fazer nada certo. Isso é exaustivo. Quero que a minha mente pare agora. Preciso que ela pare.

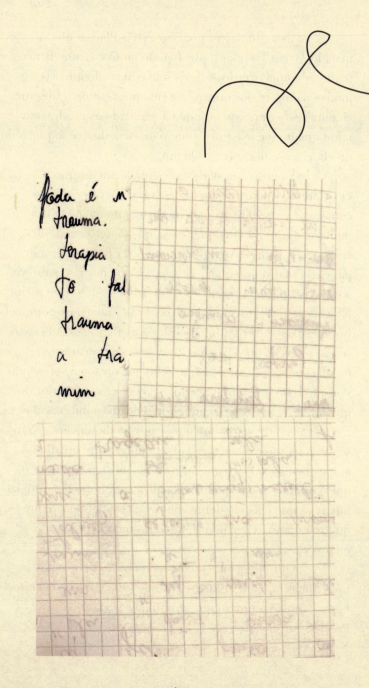

foda é não existir um guia de como lidar com o trauma. não tô falando daquilo que você encontra em livros de autoajuda ou terapia ou qualquer tratamento convencional. tô falando de quando você convive com o trauma por tanto tempo que começa a tratá-lo com normalidade. parte de mim sempre fez isso. eu já te contei sobre sentir o coração na boca todo dia indo para a escola e achar que isso era normal. eu tinha 12 anos. não era normal. não deveria ser normal. vivo na normalidade do medo. chego ao ponto de ficar em pânico se uma amiga minha não me responde o dia inteiro – já penso o pior. nunca um "ela tá ocupada com outra coisa", e sim um "ela me odeia" ou "eu a perdi". tudo para mim é um extremo trágico. talvez tenha sido no momento em que a porta para o inimaginável se abriu que esse medo se instalou. vivo espiando a tragédia pela fresta já aberta.

AND SHE LIVED HOPEFULLY EVER AFTER

nono diário

escrito entre dezembro de 2020 e fevereiro de 2021

01 de janeiro, 2021

O QUE EU QUERO FAZER NESSE NOVO ANO: PARAR DE ME IMPORTAR TANTO COM O QUE OS OUTROS VÃO ACHAR.

01 de janeiro, 2021

FORA ISSO, FODA-SE EXPECTATIVAS. É SÓ UMA DATA — VOCÊ NÃO PRECISA MUDAR PARA POREA ALGUMA.

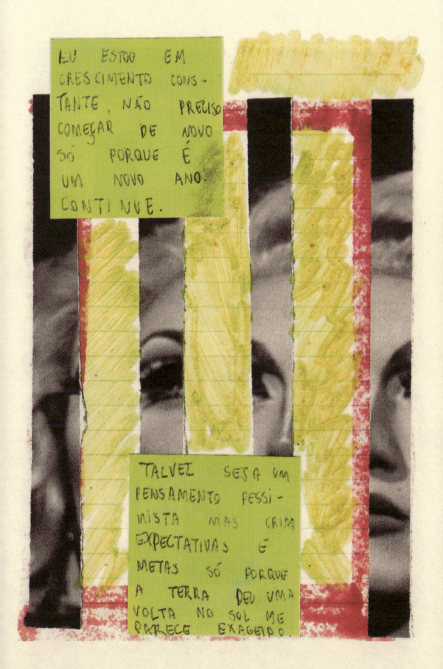

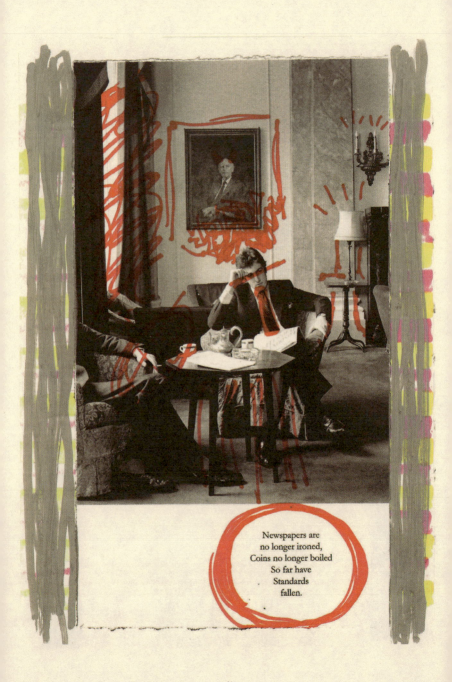

STANDARDS HAVE FALLEN. STANDARDS
HAVE FALLEN. STANDARDS HAVE FALLEN.
Os padrões caíram? O nível caiu. O nível de leitura
caiu? Não sei se entendi exatamente o que está
sendo dito aí, mas gostei. Já falei que não gosto
muito de mudança, né? Fico mais confortável no
mesmo. Jornais não são mais passados a ferro.
Moedas não são mais fervidas. Os padrões caíram.
Os padrões caíram. OS PADRÕES CAÍRAM.
OS PADRÕES CAÍRAM. OS PADRÕES CAÍRAM.

(minha cabeça funciona assim)

(que ótimo jeito de começar o ano)

05 de janeiro, 2021

ESTOU CANSADA DE NÃO ME SENTIR INCRÍVEL. ESTOU CANSADA DE ME OLHAR NO ESPELHO E NÃO GOSTAR DO MEU REFLEXO. ESTOU CANSADA DE ME EXERCITAR ATÉ QUASE VOMITAR. ESTOU CANSADA DE FICAR TONTA DE FOME. ESTOU CANSADA DE FICAR ME PERGUNTANDO QUANDO FOI QUE TUDO DEU TÃO ERRADO.

Acho que, a cada momento desta investigação, estou entrando mais em contato com a realidade da forma de merda com que me trato. Melhorou desde a época que escrevi esse texto, mas ainda assim é completamente abusivo. Na minha última sessão, a Silvia me fez prometer que eu iria chegar em casa e descansar, em vez de voltar para a academia. Se o meu cérebro não para, por que o meu corpo pararia?

Tenho essa regra pessoal: preciso ser útil todos os dias. A definição de utilidade pode variar um pouco. Por exemplo, ver um filme é ser útil. Mas ver alguns episódios de uma série, não. Vou tentar explicar a lógica. Um filme é um conhecimento completo, ou seja, vou sair dele com uma ideia inteira do que acabei de ver. Adicionei, portanto, algum tipo de conhecimento ao meu repertório, e isso é útil. Assistir a uma série de televisão não me acrescenta tanto porque não me fornece um conhecimento completo – apenas alguns fragmentos de um todo. Não consigo dizer que aprendi algo, assistindo apenas a um episódio. Agora, se eu tiver acabado uma temporada de uma série, posso dizer que terá sido útil e íntegro.

A mesma coisa com livros. Só vou considerar algo útil se tiver finalizado a tarefa. Se não, terá sido apenas lazer. E não terei seguido a minha regrinha totalmente desconcertante e abusiva. Aí me exercito à exaustão, me forço a fazer coisas que não quero, não como... Me desculpa, me desculpa, me desculpa.

Eu tento muito ser incrível.

11 de janeiro, 2021

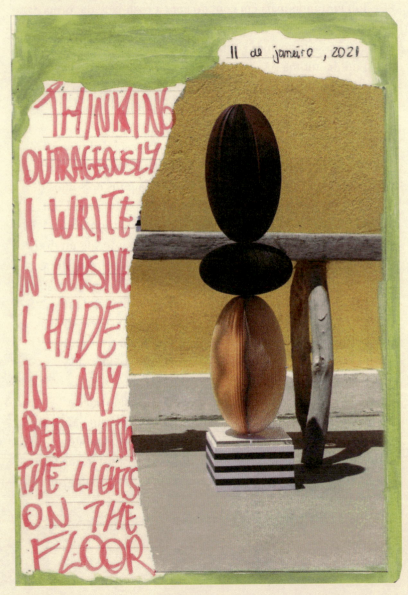

* *"The Predatory Wasp of the Palisades Is Out to Get Us!"*, Sufjan Stevens.

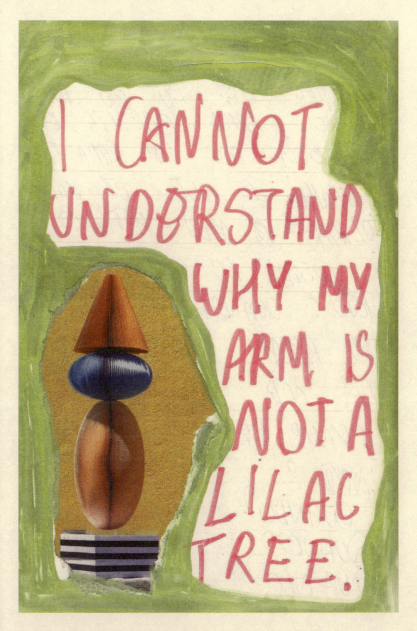

* Beautiful Loser, *Leonard Cohen*.

12 de janeiro, 2021

SEMPRE QUE EU DOU DOIS PASSOS PARA FRENTE, EU TAMBÉM DOU UM PARA TRÁS. QUANDO É QUE EU VOU OLHAR O MEU REFLEXO E GOSTAR DO QUE EU VEJO! QUANDO É QUE EU VOU PARAR DE ME PUNIR POR NADA? QUANDO? QUANDO? QUANDO?

PARECE QUE TEN DUAS EUS. A QUE QUER CUIDAR DE MIM E ME AMA POR QUEM EU SOU; E A QUE FICA TENTANDO ME MOLDAR DENTRO DAS NORMAS DE UM IDEAL QUE NEM ELA ENTENDE.

Honestamente, não consigo ver essas duas "eus" que descrevi. Só vejo a maldosa – a que "fica tentando me moldar dentro das normas de um ideal que nem ela entende". Essa aí é tão presente, não acha? A que está toda hora se comparando e se colocando para baixo. Ela é tão forte que elimina a outra. Se a que "quer cuidar de mim e me ama por quem eu sou" existisse, eu não estaria nem escrevendo tudo isto aqui. Talvez (e isso é um grande talvez) ela até exista, mas está presa em uma ilha tão distante, e está tão fraca e desesperançosa, que mal dá para ver que tem um ser humano lá. Bom, ela, com certeza, não estava atuando como deveria quando escrevi isso aí.

Encontrei um texto meu da mesma época que prova o que estou querendo dizer:

"Eu acordo me sentindo mais bonita porque meu estômago está vazio e não me sinto inchada. Durante o dia esse sentimento vai ficando menor e menor à medida que meu corpo vai sendo nutrido e, por consequência, ficando maior e maior. Então, faço tudo que há no meu poder para me livrar do sentimento de ficar imensa. Em muitos dias me exercito até a exaustão. Mas ainda não me parece o bastante. Então, me alimento menos e menos para me sentir melhor. Para me sentir bonita. Me sinto mais bonita quando estou mais vazia. Quem liga se internamente meu corpo está berrando comigo, desde que externamente esteja aceitável? É isso que conta, né? Isso que importa."

Se isso não é dar três mil passos para trás na questão de ter o mínimo de compaixão consigo mesma, não sei o que é. É tudo tão regrado, né? Vivo obedecendo leis absurdas, achando que isso pode consertar tudo que tem de quebrado em mim. Tudo que faço tem um motivo e um objetivo concreto. Odeio quando as coisas não saem de acordo com o plano. Minha mãe dizia que sou como uma atriz de cinema mudo, você consegue ver na minha cara quando estou infeliz com alguma coisa. E fico infeliz se minhas regras não funcionam.

Dito tudo isso, essa vida regrada pode ter consequências positivas. Me vejo como uma pessoa muito justa. Por exemplo, hoje minha irmã ficou conversando em tom altíssimo com meu primo e o namorado dela até as quatro da manhã, atrapalhando o sono da casa. Quando meu pai pediu para ela parar, ela se fez de sonsa. Pois essa manhã também estou me fazendo de sonsa. São dez horas, e estou na porta do quarto dela escutando, bem alto, músicas animadas. Uma dose de ânimo necessária para alguém que teve uma noite de sono não tão agradável, sabe? "Looking For Somebody (To Love)" do The 1975, "Clearest Blue" do CHVRCHES, "Shiny Happy People" do R.E.M., "Saturday Night Divas" das Spice Girls… Músicas beeeem dançantes, entende? Para ficar pulando bastante, tudo isso no quarto do meu irmão, que é convenientemente ao lado do quarto da minha irmã. Olho por olho, dente por dente.

Você está me achando doente? Tipo, absurda e louca e superexagerada? Em relação ao meu corpo e à vingança e à justiça e a tudo mais, quero dizer. Sei que sou bem intensa, e que isso pode ser meio assustador. Já percebi que afasto as pessoas quando elas descobrem esse lado menos calmo da Cecilia. Meu pai me fala que eu escolhi e montei esse personagem para mim; que preciso aceitar que não sou uma pessoa fácil, mas que sou resultado da minha própria criação.

Tenho preso no meu cérebro o rosto de todos
que já me viram perder o controle. Aquela vez, no sítio, que
surtei com as minhas amigas, chorando e falando que elas
preferiam a minha irmã a mim. Ou a vez que berrei tanto no
quarto do meu pai que ele ameaçou me internar. E quando
minha irmã, de treze anos, teve que me acalmar de um
ataque de pânico, no qual eu repetia insistentemente que
queria a minha mãe. Todas as vezes que fui emocionalmente
abusiva com alguém que não merecia – não que eu tenha
agido de propósito, mas porque não consigo controlar esse
meu lado doente. Esses são momentos em que quebro
minhas regras, e eu não gosto disso. Sei que assusto.

E agora o lance de colocar música alta como
vingança… Talvez esse seja mais um episódio de surto
meu. Sei que é uma atitude enlouquecida, mas não consigo
controlar. Sei que estou perdendo a razão e não me importo.
Se em algum momento fui a pessoa certa nessa situação,
não sou mais porque decidi colocar Spice Girls altíssimo, às
dez da manhã de uma quinta-feira só para irritar os outros.
É como se a justiceira-vingativa dentro de mim quisesse
sempre destruir a Cecilia que tem algum tipo de controle.
Talvez essas sejam as verdadeiras "eus" dentro de mim. Não a
que me ama e a que quer me controlar; mas sim a totalmente
despirocada e a que reage às coisas de maneira normal.
Como faço para conciliar as duas? Ou melhor, para matar
a despirocada? Aniquilar esse meu lado descontrolado,
que assusta todo mundo; parar de afastar qualquer um que
se aproxime?

Preciso descobrir antes que você comece a
me odiar.

13 de janeiro, 2021

Sei que me contradigo toda hora. Num momento, estou falando que estou tão triste que mal posso me mover; no outro, estou tão triste que me movimento igual a uma louca. Não tem sentido. Mas nenhum dos dois extremos é agradável, isso eu posso dizer com certeza. É essa coisa de ser demais, né?

Percebo, por exemplo, que ou sou muito legal ou sou muito chata em situações sociais. Não consigo controlar qual lado vai aparecer, mas é sempre um pouco extravagante demais. Ontem fui a um evento com a minha irmã, e ela encontrou uns amigos lá. Me senti desconfortável por estar rodeada de pessoas desconhecidas, então, simplesmente fiquei com cara de cu do lado, mastigando uma merda de um sanduíche que nem estava bom. Só precisava colocar alguma coisa na boca e, desde que dei aquele PT, não tenho coragem de ingerir álcool. Mas, se você me coloca numa reunião de trabalho, por exemplo, faço questão de ficar fazendo piadinhas e falando coisas só para fazer todo mundo ali gostar de mim. A mesma coisa em sala de aula – fico igual a uma palhaça tentando e tentando e tentando. (Poderia fazer uma alegoria da música "mirrorball" da Taylor Swift agora, mas acho que você já cansou do tanto que falei dela, né?)

E, claro, quando não consigo ficar no meu "modo" divertido e amigável, me sinto um lixo. Fico pior do que já estava, com vontade de me esconder em um casulo e nunca mais sair. É horrível. E quando sou a palhaça estapafúrdia também me sinto péssima. Chego em casa me questionando se fui demais, se fiz algo que não deveria e se todos secretamente me odeiam. Me pergunto por quanto tempo mais vou conseguir segurar esse holofote em cima de mim – e se, no final das contas, esse holofote não seria só uma ilusão. Ele apaga tão rápido, às vezes. Não consigo parar de questionar se não é só invenção minha. Não sei dizer. Não sei quem é a verdadeira Cecilia.

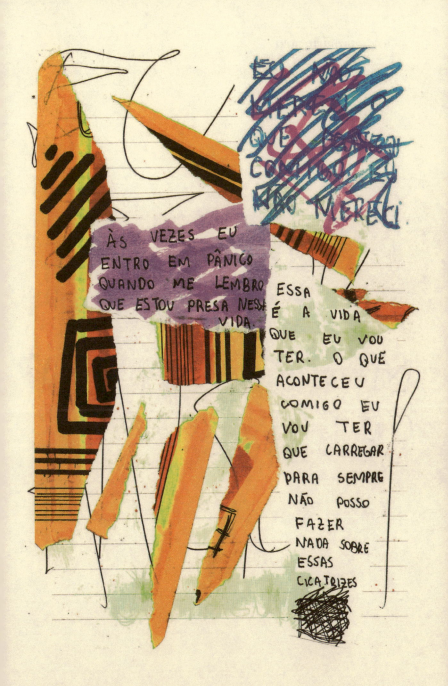

3o de janeiro, 2021

I FEEL LIKE JUST SOME MISPLACED JOAN OF ARC

* *"Kimberly"*, *Patti Smith*.

02 de fevereiro, 2021

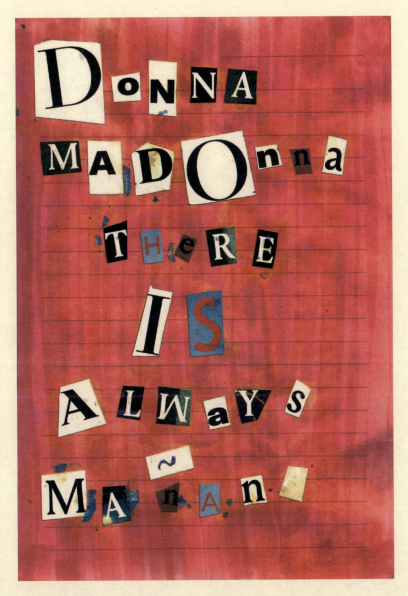

* Twin Peaks, *David Lynch*.

06 de fevereiro, 2021

De novo cansada de me tratar desse jeito doentio com comida. Fazer contas, planejar horários e atividades tudo com o objetivo que eu vou estar fraca o bastante para os padrões da sociedade. Uma merda. Sei que é uma ~~merda~~ merda mas não consigo sair dessa. É como um relacionamento abusivo comigo mesma. Estou exausta disso. Me desculpa, Biju. Me desculpa, Biju. Me desculpa, Biju. Me desculpa, Biju. Me desculpa, Biju. Me desculpa, Biju. Me desculpa, Biju.

WHAT DO YOU THINK I'D SEE IF I COULD WALK AWAY FROM ME ?

* *"Candy Says", The Velvet Underground.*

07 de fevereiro, 2021

Minha terapeuta me disse que, por muito tempo, eu só conseguia dizer o que sentia a partir de personagens fictícios. Confesso que sempre tive essa relação de dependência emocional fortíssima com a cultura pop. Passei por toda aquela fase da Disney Channel; teve *Glee*; depois uns anos insalubres em que só pensava em musicais da Broadway; entre mil outras minifases de fixação que me ajudaram a dar sentido à vida. Já disse aqui que não consigo gostar de algo como uma pessoa normal. Então, não me parece tão louca essa ideia de só conseguir me expressar a partir daquilo que consumo, ainda mais quando a realidade me dói tanto.

Meu pai diz que essa é mais uma doença da minha geração: ter que se identificar com tudo o que vemos. Por isso os vários quizzes online para definir qual personagem você é; as milhares e milhares de fanfics modificando as narrativas; as trends eternas na internet; os memes do tipo "relatable" e "ela é tão eu"; as cirurgias de harmonização facial etc. etc. É verdade. Quero dizer, eu me identifico com algum personagem em todo conteúdo criativo que consumo. Deve ser alguma doença cognitiva coletiva mesmo. Uma resposta à depressão crônica ou algo assim.

De qualquer jeito, acho bonito tentar dar sentido à própria existência a partir da criação de outros. Eu também crio bastante na minha cabeça. A toda hora estou inventando personagens e histórias e diálogos imaginários. Sei que muita gente faz isso com base na própria vivência, mas eu tento fugir o máximo possível da minha. Crio personagens de vidas distantes, com realidades estranhas, mas que passam pelas mesmas dores que eu. Espero, algum dia, conseguir fazer algo com esse meu "vício".[1]

Quer saber uma coisa estranha? Pra mim, fica muito mais fácil articular um pensamento ou uma fala se eu penso que estou fazendo um diálogo para um personagem. Acabei de perceber isso. Eu tinha até conseguido explicar a minha relação (distúrbio?) com comida e o meu corpo (P.S.: tintar se lembrar ou criá-lo de novo para colocar aqui). É como se fosse mais fácil se comunicar com algo externo do que algo interno. Ou talvez seja comunicar do externo para o interno. Os dois, né? Um diálogo é algo que potencialmente seria compartilhado com outro alguém. Mas um diálogo também é algo que está sendo comunicado para você. O personagem pode vir de você, mas muito raramente ele é você. Acho que essa discussão vai ficar para outro dia.

---

[1]   Minha editora sugeriu que eu adicionasse um diálogo aqui. Não estou sendo capaz. Não é exatamente por algum bloqueio de criatividade. É mais porque – talvez pelo meu anseio de sempre ter mais e mais pessoas gostando de mim – comecei a bolar um novo livro. Dessa vez ele será totalmente fictício e cheio de problemas meus embutidos em pessoas criadas por mim. Ai, como o escritor é um ser narcisista! Enfim, tenho medo de criar algo para este livro que poderia ir para o outro. Será que estou sendo injusta com meu primeiro bebê? Será que já estou dando preferência a algo que ainda nem foi concebido? Vou culpar a ansiedade.

    Tenho trabalhado em projetos televisivos, e sempre pedem, já na apresentação inicial, que você dê a premissa para uma possível próxima temporada. Vou pedir que você veja essa minha negação como a versão literária disso. Não estou te dando a premissa, mas estou prometendo que quero fazer mais – que preciso fazer mais. Não vejo sentido em existir senão por isso.

Hall of Fame dos personagens com quem Biju se identifica um pouco demais:

NEELY O'HARA

CARRIE WHITE

KENDALL ROY

LEXI HOWARD

MORITZ STIEFEL

DORIS FINSECKER

A PROTAGONISTA DE "A REDOMA DE VIDRO" DA SYLVIA PLATH

TODAS AS LOUCAS DE "I WANNA HOLD YOUR HAND"

MIDGE MAISEL

17 de fevereiro, 2021

"Não vejo humanidade." Ao ler essa frase, minha cabeça vai direto para pessoas da minha faixa etária. Morro de medo de pessoas da minha idade, ou perto dela – sério, até hoje meu coração acelera ao passar por um grupo de adolescentes na rua (tenho 22 anos). Acho que é porque, num tempo que se mostra decisivo para a formação do caráter de alguém, fui muito maltratada por aqueles que deveriam ter sido meus amigos. Bullying é foda. Deve ser por isso que tento, a toda hora, fazer com que todo mundo goste de mim. Sei que sou um alvo fácil de bullying – não tenho uma beleza padrão ou um corpo padrão, penso estranho e não consigo socializar com facilidade. Qualquer coisa pode acontecer se eu baixar a guarda.

E não venha me dizer que o bullying termina depois do colégio, e que não tenho que me preocupar mais com isso. Bullying sempre existiu e sempre irá existir. Vou te dar um exemplo, mesmo sabendo que estou expondo algo que talvez não devesse, (porque existe uma grande possibilidade de as pessoas envolvidas lerem este livro), mas estou cansada de deixar esses escrotos passarem despercebidos.

Descobri que, NO MEU ÚLTIMO ANO DE FACULDADE, foi criado um grupo, num aplicativo de conversas, com metade das pessoas da minha turma, para falar mal da outra metade. O grupo se chamava "bicha mimimi", um apelido que se referia especificamente a um menino, que acredita, de todo seu coração, que é amigo de verdade dessa gente. Mais tarde, o grupo foi nomeado de "sem os chatos". Honestamente, vão se foder. A minha vontade inicial era fazer um grupo com todos esses escrotos e mandar um áudio destruindo cada um deles. Mas não sou essa pessoa. Quero dizer, sou raivosa e sei ser maldosa quando necessário, mas não quero fazer mal assim a ninguém. Já me senti destruída pelas palavras dos outros e foi uma das piores sensações da minha vida.

19 de fevereiro, 2021

MY THOUGHTS ARE SCATTERED
AND THEY ARE CLOUDY
THEY HAVE NO BORDERS,
NO BOUNDARIES
THEY ECHO AND THEY SWELL
FROM TOLSTOY TO TINKER BELL
DOWN FROM BERKELEY TO CARMEL
CLOUDY CLOUDY
CLOUDY
CLOUDY

* *"Cloudy"*, Simon & Garfunkel.

22 de fevereiro, 2021

SHE LIVES FOR THE WRITTEN WORD AND PEOPLE COME SECOND, POSSIBLY THIRD.

THERE'S ENOUGH GLOOM IN HER WORLD

the news is bad again, tell me as i am again.

mas rec[...]
talvez tenha co[...]
masculino que em [...]
superfície: terno e grave ele se anc[...]
dualidade. Ambos os lados mantêm em silênc[...]
de camaradagem e sobrevivência.

Sinto que meus masculinos e femininos não devam s[...]
acessados como forças opostas em tensão ou como lados [...]
plementares, mas como partes fulgurantes que constitue[...]
mesmo corpo. Cada um deve ser apreendido pela sua a[...]
mia e totalidade, distante do antagonismo notório que c[...]
mos e que os definem ora como luz, ora como sombra. [...]

O que pode uma mulher, enquanto corpo, saber d[...]
masculino? Se há algum sentido nesse movimento, ele [...]
em parte pela perda, pelo desejo de aproximar do que [...]
falta. A falta aqui é compreendida não como uma parte[...]

* *"Girl Least Likely To"*, Morrisey.

O que achamos de colocar parte da letra da música "Girl Least Likely To" do Morrissey no meu diário? De o a 10, o quão problemático você classifica isso? Eu daria uns 7,5/10. Devo dizer que gostar dele – e, obviamente, de The Smiths – traz certa aura de mistério controverso e questionável que me atrai. Sabe aquela cena em *(500) Dias com ela*, em que a Zooey Deschanel percebe o Joseph Gordon-Levitt ouvindo "There Is A Light That Never Goes Out" no fone e fala que ama The Smiths, assim começando todo aquele romance trágico entre os dois? Eu AMO essa cena, tenho até uma camiseta com a imagem dela. Sempre quis ser aquele tipo de mulher misteriosa igual à personagem da Zooey, aquele tipo que faz com que os outros queiram saber mais sobre ela. "To die by your side is such a lovely way to die" e blá-blá-blá. Claro que eu não poderia estar mais distante da construção imagética dessa personagem. Meu Deus, estou publicando os meus próprios diários! Tem criatura menos misteriosa do que isso? Honestamente, vergonhoso.

Me desculpa, sei que minha mente funciona rápido demais e pode ser um pouco difícil de acompanhar. Nem tenho certeza se eu mesma entendi o que quis dizer ali em cima. Você está vendo como é exaustivo ficar na minha cabeça? Voltando ao assunto… "Girl Least Likely To", segundo o site Genius, é sobre uma menina que não tem sucesso como escritora. Esse é o meu segundo pior pesadelo ao escrever este livro. O primeiro? Você não gostar de mim. O fato é que estou colocando aqui toda a minha esperança de um dia não me odiar tanto, desejando que este livro seja capaz de fazer algum tipo de sentido para alguém além de mim.

Outro dia, tive a honra (estava me cagando de nervoso) de entrevistar a Phoebe Bridgers para a Harper's Bazaar. Ela é uma das minhas cantoras prediletas e foi especial para mim (como você já sabe), mas não é sobre isso que quero falar agora. O que quero te contar é algo que ela me falou durante nossa conversa e que, realmente, fez sentido em relação a tudo que ando pensando enquanto escrevo este livro. Phoebe disse que, quando compõe, fica presa às imagens que surgem em sua cabeça, então, que gosta quando os seus fãs veem coisas para além do que ela escreveu inicialmente. Isso me fez pensar se ter esse tipo de feedback a coloca em uma posição menos solitária. Quero dizer, imagino que ter alguém que nem te conhece, dividindo a angústia da sua cabeça com você, tentando entender junto de você esse sofrimento, seja um sentimento acolhedor, como um abraço em uma noite gelada.

"She lives for the written word." Ela vive pela palavra escrita. Esse é, com certeza, o caso. Eu vivo para colocar tudo isso por escrito – para transformar as minhas mágoas em algo além do sentimento que arde no meu peito. Mas também quero que seja mais do que isso. Quero viver na palavra escrita. Quero que você me entenda a partir do que escrevo aqui, porque não tenho certeza se devo existir fora disso. O excessivo e insuportável da minha vida real podem parecer interessantes e magnéticos nas palavras que coloco aqui.

Essa é a minha maior esperança.

26 de fevereiro, 2021

26 de fevereiro, 2021

to let me dance beneath the diamond sky with one hand waving free, silhouetted by the sea, circled by the circus sands where all memories and fate are driven deep

beneath the waves. LET ME FORGET ABOUT TODAY UNTIL TOMORROW.

* *"Mr. Tambourine Man", Bob Dylan.*

"Silhouetted by the sea,/ Circled by the circus sands/ With all memory and fate/ Driven deep beneath the waves." Toda a memória e todo o destino... Os dois são interligados? Não queria me aprofundar muito em coisas que me confortaram no passado, mas não vejo outra maneira de sobreviver ao meu presente.

Ultimamente, meu coração tem se quebrado em milhares de pedacinhos com essa ideia de que tudo é provisório – talvez porque a efemeridade tem se mostrado mais verdadeira do que nunca. Saber que nada será igual e ler todos esses diários, mesmo que sejam recentes, tem feito com que eu me debruce sobre coisas de que gostava no passado. Me lembro, por exemplo, das chamadas de vídeo semanais que tinha com as minhas melhores amigas de infância durante a quarentena. Hoje, não consigo nem manter uma conversa de quinze minutos com elas. E por quê? Como é que deixei tudo mudar de maneira tão definitiva e rápida? Não éramos amigas para sempre?

Me lembro de como era fácil comer quando estava com fome, sabendo ser algo necessário para sobreviver e não pensar duas vezes nisso. Agora, não consigo colocar uma uva na boca sem questionar o que esse ato pode fazer com as minhas gordurinhas – se elas podem, de algum modo, aumentar por causa daquela mísera uva. E isso quando consigo sentir fome. Arruinei tanto o meu corpo que não tenho conseguido distinguir o que é fome psicológica e o que é o meu corpo me implorando por algum tipo de alimento.

Essas são algumas das memórias que o destino deixou levar pelas correntezas. Bob Dylan canta sobre querer esquecer o hoje até amanhã e, para ser sincera, isso nunca me pareceu tão ideal.

27 de fevereiro, 2021

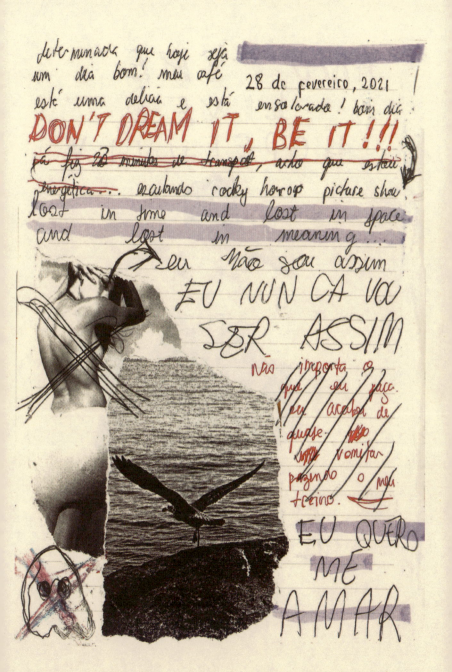

determinada que hoje seja um dia bom! meu café está uma delícia e está ensolarado! bom dia

28 de fevereiro, 2021

DON'T DREAM IT, BE IT!!!

~~já fiz 20 minutos de transport, acho que estou energética...~~ assistindo rocky horror picture show

lost in time and lost in space and lost in meaning...

eu não sou assim EU NUNCA VOU SER ASSIM

não importa o que eu faça, eu acabei de quase ~~não~~ ~~uma~~ vomitar fazendo o meu treino.

EU QUERO ME AMAR

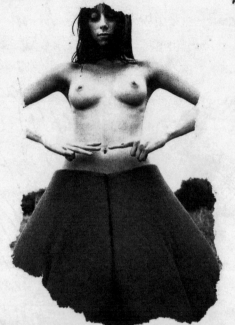

décimo diário

escrito entre março e julho de 2021

01 de março, 2021

Meu cabelo é muito armado. Minha barriga é muito grande. Eu não tenho peito nenhum. Tenho um osso estranho na nuca. Meu nariz é torto. Minhas estrias são muitas. O formato do meu rosto é estranho demais. Queria ser bonita.

Sabe o que percebi? Que nada vai ser o bastante. Já fiz de tudo. Na época em que escrevi isso, estava doente de tão magra e ainda assim me achava horrorosa. Achava defeitos e mais defeitos e mais defeitos em mim. Hoje, ainda vejo esses mesmos defeitos e consegui adicionar mais alguns à lista. Minha mão é muito pequena, parece de criança. Meus ombros são largos. Minhas costas têm uma gordura estranha, o que me faz parecer o corcunda de Notre-Dame – ainda mais que o calombo da nuca. Meus braços não são magros o bastante. Minhas coxas são enormes. Minha postura é horrível. Meus olhos são desiguais. Minha sobrancelha é completamente descontrolada. Tenho pelos demais. Minha cintura não é fina o bastante. Eu fico inchada a maior parte do tempo. A cor dos meus olhos é entediante. Eu queria ser bonita.

"Com tanto medo de não ser amada que esquece de se amar." Nem sei se esquecer é a palavra certa. Eu bloqueio o amor-próprio como se fosse uma praga. Para mim, ele não existe. Praticamente não há a opção de ele existir. Se eu me amar, vou baixar minha guarda – vou parar de tentar, e aí, sim, não vou ser amada.

Preciso estar sempre tentando. Essa é outra regra. Essa é a única maneira de ser alguém além do que já sou. Se não for assim, não sei se sobrevivo. Não sobrevivo sendo apenas a Cecilia. Preciso ser alguém maior e melhor e mais especial do que ela. Por isso todas essas tentativas e autojulgamentos. Só vou poder ser amada se me odiar, porque é dessa maneira que consigo me movimentar, transformando o ódio em ação. Não sei como eu seria sem o meu ódio, se eu fosse feliz com quem sou. Imagino que ficaria parada, sendo a Cecilia. Não quero isso. Não posso querer isso.

Falo no diário que não entendo que o amor precisa vir de algo além da aparência. Não é verdade. Entendo até demais. Por isso que além de me esfomear e me exercitar até a exaustão, leio e assisto a filmes para adquirir o máximo de conhecimento, para me fazer minimamente interessante. Queria poder acreditar que nada disso é necessário – que posso ser simplesmente quem sou, sem tentar tanto, toda santa hora. Existir no meu tempo, só com o que quero fazer.

Não sei se é coisa da minha cabeça, mas minha vida me ensinou que nunca serei o bastante. Ou, pelo menos, nunca aconteceu nada para provar o contrário. Por isso que faço o que consigo para provar que mereço estar aqui. Mas não é o bastante. Nada é o bastante.

02 de março, 2021

EU NÃO QUERO MELHORAR PORQUE NÃO ACHO QUE ESTOU DOENTE O BASTANTE. SEI QUE PENSAR ASSIM É ERRADO MAS TUDO QUE ESCUTO NA MINHA CABEÇA É QUE EU QUERO SER BONITA. QUERO ME OLHAR NO ESPELHO E GOSTAR DO QUE EU ESTOU VENDO. NÃO SEI SE ISSO UM DIA VAI ACONTECER MAS EU VOU LUTAR. TALVEZ EU ESTEJA LUTANDO DA MANEIRA ERRADA MAS NÃO TENHO CORAGEM DE FAZER DE OUTRO JEITO.

05 de março, 2021

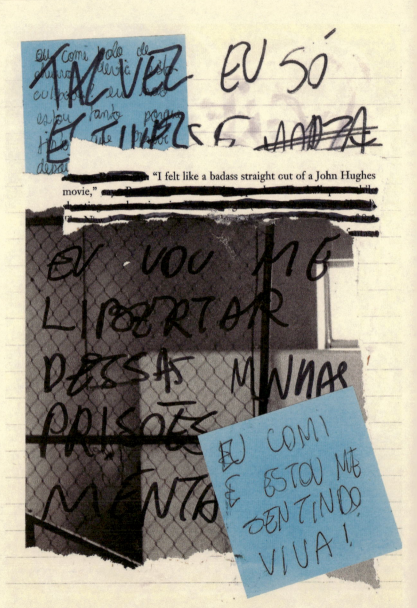

I FELT
LIKE
A BADASS
STRAIGHT
OUT OF A
JOHN
HUGHES
MOVIE.

12 de março, 2021

"queria poder passar o
dia com os sentimentos
de outra pessoa."

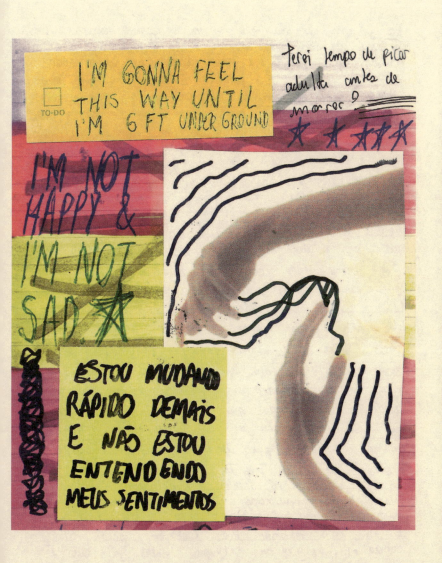

* *"Need You Around"*, Smoking Popes; *"This Night Has Opened My Eyes"*, The Smiths.

14 de março, 2021

Eu tava pensando aqui como eu não sei quanto tempo eu vou conseguir aguentar mais. Quanto tempo eu consigo levar porrada após porrada e não desistir. Eu acordo todo dia e tento. É patético. Eu acordo e tento mesmo sabendo que o próximo dia vai ser a mesma coisa. Parece que eu to presa no tentar e nunca consigo chegar no conseguir. Queria ter um dia em que consigo. Eu estou cansada de achar que deixa vai ficar bem alguma hora. Eu não quero mais tentar.

Vou ser honesta: não estou viva por mim, e sim pelos outros. Pela minha família. Não estou viva por mim porque sinto que não estou vivendo, pelo menos não do jeito que a vida tinha que ser vivida. Eu não como, rio, conheço o mundo. Eu estou com uma grande falta de vontade. Eu acordo para ajudar a minha família e tentar. Não faço nada além disso e estou cansada. Eu não posso parar de tentar porque não posso deixar a minha família. Seria tão fácil subir naquela sacada em que tem o sol e só me soltar. Parar de tentar, aceitar que não funcionou. Eu sou quebrada e minha vida foi só um puta de um erro. Eu tentei, a mamãe e o papai tentaram. Não é culpa deles que deu merda em mim. Talvez algumas vidas só não funcionem, às vezes. Uma boneca quebrada. Uma boneca quebrada que ninguém quer. Eu me sinto assim todo dia. E eu fico tentando me consertar para talvez conseguir aproveitar alguma coisa, já que é claro que não posso desistir pela minha família. Mas cansei de tentar e só quero parar. Merda.

Me questionei várias vezes se deveria mesmo expor isto aqui. Não porque tenha medo de te contar que eu gostaria de morrer, mas porque não gostaria de colocar todo esse peso na minha família. Não acho que eu viva para eles... Vivo por causa deles. Vivo porque os amo mais que tudo e é por isso que nunca faria a sacanagem de me matar. Talvez, para mim, fosse um alívio, mas para nenhum deles seria. Vivo, porque sei que, de certa maneira, eles precisam de mim e eu preciso deles.

Não sei mais o que falar. É difícil comentar os próprios pensamentos suicidas. O que posso dizer além do que já está aí? O fato é que esse tipo de sentimento vai e vem. Essa não foi a primeira vez que pensei em suicídio e, com certeza, não será a última.

O pior é que muitas vezes esses momentos vêm sem nenhum tipo de razão. Pelo menos, nenhuma razão que faça sentido com o que estou vivendo naquele exato segundo. Se você refletir muito sobre isso, é claro que vai encontrar um motivo ou dois. Temo dizer que todo ser humano é capaz de encontrar alguma desculpa para se matar – o mundo não é um mar de rosas, todos temos alguma reclamação. Isso pouco importa. O fato é que eu pensei, penso e pensarei mais algumas vezes nisso. Não te contei isso com esperança de que você sinta pena de mim, seria apelativo e essa é a última coisa que quero fazer aqui. O que quero é ser honesta sobre esse recorte da minha vida que estou te mostrando, e esconder algo assim me pareceria errado.

15 de março, 2021

I'M GETTING USED TO THESE DIZZY SPELLS, I'M TAKING A SHOWER AT THE BATES MOTEL I'M GETTING GREEDY WITH THIS PRIVATE HELL. I'LL GO IT ALONE, BUT THAT'S JUST AS WELL.

* *"Dylan Thomas"*, Better Oblivion Community Center.

17 de março, 2021

minha alma às vezes dói.
meu coração fica apertado
e eu não sei quanto
eu poderia aguentar.
normalmente eu acho
que poderia aguentar tudo.

esse eu acho que é o
meu maior problema
e minha maior salvação.
duvido que teria passado
por tudo que passei se
não tivesse me feito
acreditar que era forte.

19 de março, 2021

299

23 de março, 2021

* "Sleeper 1972", Manchester Orchestra.

26 de março, 2021

EU ENTRO EM PÂNICO QUANDO ME
LEMBRO QUE VOU PASSAR O RESTO
DA MINHA VIDA COM ESSA
MENTE E COM ESSE CORPO.
NÃO TEM COMO DEVOLVER
OU TROCAR OU REEMBOLSAR.

EU NÃO SOU UM PRODUTO
DANIFICADO, MINHA CERTIDÃO
DE NASCIMENTO NÃO É
UM RECIBO DE COMPRA
E O HOSPITAL EM QUE
NASCI NÃO É UMA LOJA.

25 de outubro, 2022

Hoje peguei um Uber que foi assustadoramente terapêutico. O motorista conseguiu perceber o meu pânico existencial e me deu em 20 minutos uma aula de autoaceitação. O mais estranho é que eu estava a caminho do consultório da Patrícia para implorar que ela aumentasse a minha dose de Efexor (o mais novo antidepressivo na minha lista). Se foi útil o que Wagner, o motorista do Uber, me disse? Não sei. Mas ele me disse que vai sempre acreditar em mim e isso foi emocionante para um cacete. Se todo mundo perder a fé em mim, posso ter certeza de que, em algum lugar, Wagner ainda estará do meu lado. Valeu Wagner, de verdade.

Queria ter contado para ele essa teoria de que sou uma boneca quebrada – por algum motivo, acho que ele entenderia e teria algo inteligente para me dizer.

---

27 de março, 2021

É estranha essa relação que tenho com meu corpo. Eu juro para você que não consigo vê-lo da mesma maneira que as outras pessoas (normal?). Para mim, meu corpo é diferente de qualquer outro que já vi – e vejo isso de modo negativo. É tudo desproporcional e horroroso. É, realmente, como se eu fosse uma boneca quebrada que veio com algum defeito da fábrica.

As próximas páginas mostram o que imagino ser eu tentando entendê-lo.

28 de março, 2021

Essa foto não me faz sentir bem. Eu tirei ela agorinha e me dá vontade de perder e chorar de desespero. O sol nem nasceu ainda. Que sono, que medo, que dor, que fome. Eu quero conseguir olhar para essa foto e me sentir bem. Eu quero, mais do que tudo, me amar.

É uma luta diária que eu já estou cansada de lutar e eu quero me amar

Essas são só algumas das representações do meu corpo que tenho nos meus diários. Fiquei surpresa com a quantidade de desenhos que encontrei sobre o assunto. É como se estivesse tentando aceitar meu corpo ao desenhá-lo. Faz sentido, afinal, esses eram os únicos momentos em que eu me forçava a, realmente, olhar para ele de forma objetiva. Fora isso, tentava (e ainda tento) ignorá-lo o máximo possível. Odeio o meu reflexo. Outro dia, estava em um restaurante e minha mesa era bem na frente de um espelho enorme... Me assistir comendo? Meu pior pesadelo. Não conseguia parar de encarar aquela figura grotesca mastigando e mastigando e mastigando. Espelhos são meus inimigos.

Não sei se esses desenhos correspondem à realidade daquela época. A única imagem que tenho de referência é a polaroid. Fora isso, não consegui encontrar nenhum registro. Na minha cabeça, estava gordíssima. Ao mesmo tempo, me lembro do meu pai preocupado, falando que eu estava magra demais. Não sei dizer se ele estava exagerando. Provavelmente não, mas meu cérebro tinha certeza de que meu corpo estava enorme. Estava grande, feio e desumano demais. Sempre gordo e exagerado, mesmo que quando olhasse para o meu pulso parecesse que ia quebrar só de apertar com a mínima força (e nem isso eu tinha). Não consigo te dizer qual era a minha real aparência física nessa época, juro que estou tentando. Queria poder te dizer se estava acima ou abaixo do peso, se estava com uma cara saudável, se tinha forças para fazer todos os exercícios que me obrigava a fazer. Não consigo, não consigo, não consigo. Até hoje não sou capaz de olhar para a minha imagem e dizer se o que vejo é de verdade – é como se minha cabeça me cegasse. Minha mente é minha inimiga.

02 de abril, 2021

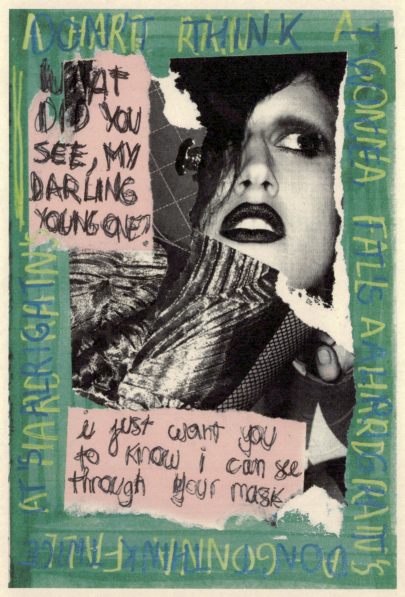

* *"Master of War"* e *"A Hard Rain's A-Gonna Fall"*, Bob Dylan.

03 de abril, 2021

Hoje eu pensei em tirar a minha vida um pouco demais. Me encontrei pensando em jeitos, tentando tirar a lâmina da Gilette, olhando para a sacada de um jeito diferente, pensando em quanto tempo levaria se eu só não comesse, querendo que tudo acabe.

Não tenho certeza de como vou sobreviver a tudo isso, mas sei que vou de uma maneira ou outra. Tá mais fácil do que nunca desistir... não pela situação externa, pela situação interna minha. Preciso tentar desligar esses pensamentos destrutivos pois estou vendo que estão começando a ir para um caminho perigoso demais. Não posso passar dos limites. Quero dizer, não posso me deixar morrer. Mesmo que seja mais fácil. Não posso.

05 de abril, 2021

* *"Funeral"*, Phoebe Bridgers.

"I HAVE A FRIEND I CALL WHEN I'VE BORED MYSELF TO TEARS AND WE TALK UNTIL WE THINK WE MIGHT JUST KILL OURSELVES, BUT THEN WE LAUGH UNTIL IT DISAPPEARS."

Eu tenho uma irmã gêmea. É, eu sei. Todo mundo reage de maneira absurda quando descobre isso, como se nunca tivesse conhecido um par de gêmeos na vida. Acho que deve ser interessante para os outros imaginarem como é ter alguém que nasceu junto de você – um companheiro desde seus primeiros momentos no planeta Terra. É meio que assim mesmo. Sempre fui muito próxima da minha irmã. Dividíamos tudo, sabe? Usávamos as mesmas roupas, tínhamos os mesmos gostos, passávamos pelos mesmos problemas... Erámos nós duas contra o mundo.

Conversava com a minha irmã sobre qualquer coisa – era como uma extensão da minha mente. Sabia que ela não me julgaria. Ou melhor, mesmo que julgasse, me entenderia. E ficaria do meu lado. Sempre do meu lado. Teté e Biju: as irmãs gêmeas mais próximas que você já conheceu.

Mas não era como se fôssemos idênticas... Sempre fomos muito diferentes. O negócio é que a gente se completava. Éramos como Mary-Kate e Ashley Olsen, sabe? Eu era Ashley – arrumadinha e certinha – e Teté, Mary-Kate – roqueira e rebelde. Não importavam as diferenças, porque nós nos amávamos e estávamos lá uma para a outra. É incrível ter alguém com quem você pode contar sempre.

"I HAVE A FRIEND I CALL WHEN I'VE BORED MYSELF TO TEARS AND WE TALK UNTIL WE THINK WE MIGHT JUST KILL OURSELVES, BUT THEN WE LAUGH UNTIL IT DISAPPEARS."

Nos últimos anos, tenho me distanciado muito da Teté – a ponto de ela não saber mais do meu dia a dia, e eu não saber do dela. Isso pode parecer normal – não ficar a par de tudo e qualquer coisa que acontece com a outra pessoa –, mas não sei nem mais quem são os amigos dela. Nós éramos amigas. Saíamos juntas, ríamos loucamente, tínhamos piadas internas... Hoje em dia mal conversamos.

Não é culpa de ninguém. Mas sinto que fui deixada para trás. Ela continuou. Eu fiquei. Não posso culpá-la. Teria feito o mesmo se conseguisse. Nos distanciamos – é normal. Não há nada que possa ser feito sobre isso. Sei que ela ainda me ama, e eu ainda a amo.

Teve um tempo em que sentia muito ódio por acreditar que ela havia me abandonado. Por que ela teria feito isso comigo? Como ela pôde fazer isso comigo? Era horrível o sentimento de traição dentro de mim.

Teve outro tempo em que achei que eu é que a havia traído. Eu que estava sendo maldosa, tentando trazê-la para baixo comigo. Não é porque somos gêmeas que é dever dela me esperar pelo resto da vida. Se eu não consigo ir para a frente, a culpa é minha.

"I HAVE A FRIEND I CALL WHEN I'VE BORED MYSELF TO TEARS AND WE TALK UNTIL WE THINK WE MIGHT JUST KILL OURSELVES, BUT THEN WE LAUGH UNTIL IT DISAPPEARS."

Mas não estou sozinha. Tenho amigos que, talvez, por pena ou ingenuidade, não perceberam que estou parada no passado. Que sou quebrada, sem nenhuma chance de conserto. Ou, talvez, eles não se importem muito com isso. Só sei que sou grata por eles. Um grupinho que consegui na vida, sabe? Alguns da faculdade ou da escola, outros amigos de amigos, uns da internet (sim, eu sei dos perigos). Fico orgulhosa de mim por ter feito isso sozinha – talvez, eu não seja um caso tão perdido assim, se existem pessoas que ainda me acham, minimamente, coerente.

Eles não são parecidos comigo, aliás, são bem diferentes. Acho que essa é a parte que mais me conforta. Pessoas diferentes gostam de mim. Pessoas diferentes me conhecem, e não saíram correndo horrorizadas. Nunca imaginei que fosse possível, pelo menos, não sem a minha irmã. Mas esses meus amigos estão aqui por causa de mim – eles gostam de MIM. Você acredita nisso?

"I HAVE A FRIEND I CALL WHEN I'VE BORED MYSELF TO TEARS AND WE TALK UNTIL WE THINK WE MIGHT JUST KILL OURSELVES, BUT THEN WE LAUGH UNTIL IT DISAPPEARS."

Sei que estou parecendo uma idiota, mas meus grupos de amizade sempre foram poucos e sempre interligados aos da minha irmã. Essa é a primeira vez que estou fazendo isso sozinha e, ao mesmo tempo que arde não a ter ao meu lado, aquece meu coração saber que tem quem me queira por perto. Estou soando patética – nem sei por que estou te contando tudo isso… O intuito não era fazer você gostar de mim? Bom, imagino que você já tenha percebido que eu me isolo bastante.

O importante é que existem pessoas que conseguiram me tirar desse isolamento. Ainda tenho os meus momentos. Às vezes, dá vontade de pegar meus amigos pelos ombros e chacoalhá-los, perguntando por que ainda tentam comigo, implorando para ser deixada sozinha. Às vezes, fico morrendo de medo deles começarem a me odiar de repente por causa de alguma parte da minha personalidade que eu mesma não aguento. Às vezes, eu os odeio por gostarem de mim, por acharem que tenho algum tipo de valor. Mas, na maior parte do tempo, eu apenas os amo. Amo o fato de que sou alguém na vida de outras pessoas que, por algum motivo muito louco, querem que eu faça parte da vida delas (mesmo que eu possa assustar). Amo ter pessoas que se importam, que me escutam, que compartilham comigo e que me amam.

26 de setembro, 2022

I HAVE A FRIEND I
CALL WHEN I'VE
BORED MYSELF TO TEARS

AND WE TALK UNTIL WE
MIGHT JUST KILL OURSELVES
BUT THEN WE LAUGH
UNTIL IT DISAPPEARS

05 de abril, 2021

* *"What You Like"*, Wallows.

NÃO QUERO QUE NINGUÉM TENHA PENA DE MIM
NÃO QUERO QUE NINGUÉM TENHA PENA DE MIM
NÃO QUERO QUE NINGUÉM TENHA PENA DE MIM
NÃO QUERO QUE NINGUÉM TENHA PENA DE MIM
NÃO QUERO QUE NINGUÉM TENHA PENA DE MIM
NÃO QUERO QUE NINGUÉM TENHA PENA DE MIM
NÃO QUERO QUE NINGUÉM TENHA PENA DE MIM
NÃO QUERO QUE NINGUÉM TENHA PENA DE MIM
NÃO QUERO QUE NINGUÉM TENHA PENA DE MIM
NÃO QUERO QUE NINGUÉM TENHA PENA DE MIM
NÃO QUERO QUE NINGUÉM TENHA PENA DE MIM
NÃO QUERO QUE NINGUÉM TENHA PENA DE MIM
NÃO QUERO QUE NINGUÉM TENHA PENA DE MIM
NÃO QUERO QUE NINGUÉM TENHA PENA DE MIM

---

07 de abril, 2021

19 de abril, 2021

Sinto que tenho comido muito. Isso me deprime um pouco, mas não tanto quanto antes. Escrevo isso no dia 29 de outubro de 2022.

Eu uso o colar do meu avô todos os dias. Na verdade, não é exatamente um colar – eu coloquei um cordão de ouro no clipe de gravata da faculdade Ivy League dele nos anos 1950. É bem foda… Ele fazia parte de uma fraternidade. Bem coisa de filme.

Acho que me sinto presente demais na minha realidade. Isso dói também.

O que quis dizer com diversão nesse trecho do diário são as histórias que crio na minha cabeça. Elas sempre foram e sempre serão a minha primeira fonte de criação e tranquilidade.

20 de abril, 2021

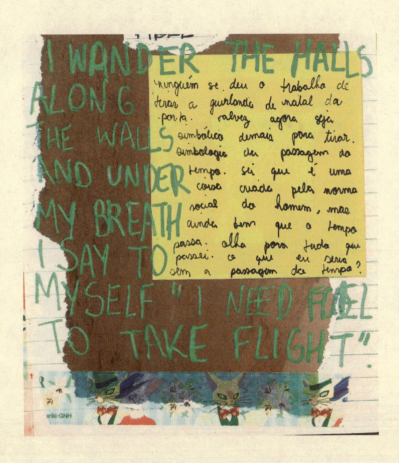

* "Sullen Girl", Fiona Apple.

21 de abril, 2021

O MEU ESTÔMAGO É O MEU CENTRO, NÃO É? TEM
ATÉ ESSA COISA DOS CHAKRAS IMPORTANTES ESTAREM
PERTO DO UMBIGO, NÃO É? ACHO QUE TO CERTA.
SE EU ESTIVER, EXPLICA MUITA COISA. O QUE
EU MAIS ODEIO EM MIM MESMA É A MINHA
BARRIGA. O QUE MAIS ODEIO É O MEU
CENTRO. AO INVÉS DE ME ESTABILIZAR, FAÇO COM
QUE ELE ME DESTRUA. É IRÔNICO PENSAR QUE
O MEU CENTRO É CHEIO DE CICATRIZES. NÃO
SEI O QUE SENTIR EM RELAÇÃO A ISSO. AO
MESMO TEMPO QUE É TRISTE, EU TENHO
UM CERTO ORGULHO DELAS. ELAS MOSTRAM TUDO
O QUE PASSEI — DEMONSTRAM O QUANTO EU
JÁ LUTEI E BRIGUEI NESSA VIDA. É MUITO
CLICHÊ, NÃO QUERIA DIZER ASSIM, MAS SOU
UMA GUERREIRA. SOU FORTE PARA CACETE.
DEVIA ME ORGULHAR DA MINHA JORNADA,
DESSES DESENHOS NA MINHA PELE. ESSAS PEQUENAS
CICATRIZES MOSTRAM O QUANTO EU CRESCI
ESTES DOIS FISICAMENTE. AGORA PRECISO CRESCER
O BASTANTE PSICOLOGICAMENTE PARA AMÁ-LAS.
ELAS FAZEM PARTE DE MIM E PRECISO
APRENDER A PARAR DE NEGAR A SUA EXISTÊNCIA.
ASSIM COMO ESTOU COMEÇANDO A ACEITAR TUDO
O QUE PASSEI. ESSA É A MINHA HISTÓRIA.
MEU ~~SER~~ CORPO, MEUS PENSAMENTOS, ACONTE-
CIMENTOS... PRECISO PARAR DE ACHAR QUE
NÃO VOU SER AMADA POR CAUSA DA MINHA
HISTÓRIA. NÃO POSSO ACEITAR NINGUÉM NA
MINHA VIDA QUE NÃO ACEITA A
MINHA HISTÓRIA. EU TENHO QUE
COMEÇAR A ~~SER~~ ACEITAR MINHA HISTÓRIA.

22 de abril, 2021

* "Betty", Taylor Swift; "Hallelujah", Haim.

22 de maio, 2021

30 de maio, 2021

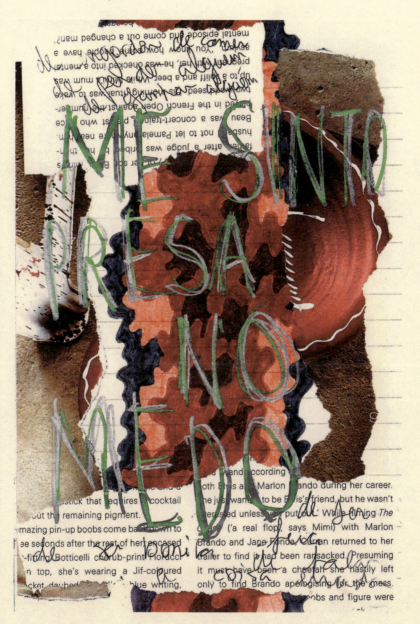

03 de junho, 2021

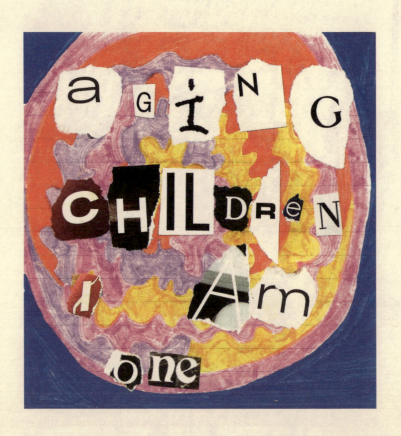

* "*Songs to Aging Children Come*", Joni Mitchell.

Sou completamente viciada nessa música e na Joni Mitchell. Ela é perfeita – esotérica, mas simples ao mesmo tempo. Uma poeta que deveria ser tão apreciada quanto Dylan, McCartney e Lennon. Icônica e humilde e, esteticamente, um sonho. Eu a amo, de verdade. Acho que se tivesse que escolher alguém para ser, escolheria a Mitchell (surpreendente, eu sei, não seria a Stevie Nicks). Ela é uma artista completa.

"Songs to Aging Children Come" é minha canção favorita entre todas. Devo já ser conhecida, mundialmente, como a louca que chega nas lojas de LPs perguntando se tem o álbum *Clouds*, do qual essa canção faz parte (aliás, muito melhor do que *Blue* – pronto, falei). Já perguntei no Brasil, na Inglaterra, na França e nos Estados Unidos e em diversos estabelecimentos: quiosques, lojinhas, lojões... Não encontrei um mísero local que tivesse esse disco. Fui até mesmo a uma loja que era frequentada por Bob Dylan e Fred Smith no Soho, em Londres, e nada. Tenho falhado na minha busca, mas já consegui comprar uma impressão original de 1971 de *Blue*. Bem icônico.

Como toda boa letra da Joni, o sentido de "Songs to Aging Children Come" pode ser um pouco difícil de entender – não sei se consegui desvendá-lo corretamente! E olha que sou ótima em analisar coisas pois trato tudo com uma obsessão insana. Pelo que conheço das muitas leituras que fiz sobre ela (sim, fã louca), essa canção provavelmente é sobre a filha que Joni colocou para adoção quando jovem, devido a uma gravidez inesperada. Essa, afinal, foi uma grande questão da vida de Joni que está presente em diversas das suas músicas.

De qualquer maneira, a música exala uma energia fantasmagórica do crescimento de um ser, não importa quem ele seja. Isso me fascina: esse medo de crescer. É reconfortante saber que pessoas gigantes e maravilhosas como Joni Mitchell também se sentem assim. Como o próprio título indica, essa é uma música para crianças que estão crescendo – e Joni é uma delas. É interessante a oposição entre a criança que cresce e o adulto amadurecido. Somos todos, no fim, crianças crescidas.

Me pergunto toda hora se o que estou vivendo é ser adulta. É mesmo tão normal assim? Sei lá, acho que estava esperando alguma coisa grandiosa. Talvez tenha sido influenciada demais por filmes. O fato é que não sinto que tenha mudado muito desde a infância – digo, dentro de mim sou a mesma. É patético. Nós, realmente, passamos a vida inteira sendo a mesma pessoa? Que bosta. Que anticlimático. Claro, há mudanças aqui e ali, mas a essência é a mesma. Os ideais e as manias são as mesmas, sabe? Ainda tenho o mesmo hábito de roer as unhas, ainda crio historinhas na minha cabeça antes de dormir, ainda não recuso um petit gateau… Como posso ainda ser a mesma? Não deveria ser adulta?

Em outros momentos falei que odeio mudança e é verdade. Não gosto. Mas isso não significa que não esperava uma grande transformação da realidade quando entrasse na vida adulta. Acreditei, do fundo do meu coração, que, quando você crescia, se tornava um ser totalmente diverso do ser que era quando pequeno. Agora entendo os adultos que dizem ainda se sentir com quinze anos. Que merda, eu sinto ter oito.

Tem outro fato que me chama muito a atenção nessa música, ainda mais se levarmos em conta a época que escrevi o seu título no meu diário. "Songs to Aging Children Come" é a música tema de um filme obscuro e pouco conhecido: *The Best Little Girl in the World* (1981). Dirigido por Sam O'Steen, o longa conta a história de uma jovem que sofre de anorexia nervosa. Claro que eu assisti a esse filme durante um dos piores momentos da minha relação com o meu corpo. Me lembro de ficar bem chocada. Estava começando a entender que o meu comportamento com o meu corpo não era saudável. Juro que, até certo ponto, eu acreditava friamente que estava só fazendo uma dieta – como tantas outras pessoas. Nada mais, nada menos.

Segundo minha conta no Letterboxd, rede social especialmente para cinéfilos, eu assisti a esse filme no dia 26 de maio de 2021. Ou seja, pouquíssimo tempo antes de escrever isso no diário. Se me conheço bem, estava obsessivamente pensando no quão assustador era ver um filme que trazia as mesmas questões que estava me infligindo.

Há algo sobre o maltrato consigo que, para mim, espelha perfeitamente o ato de crescer. Ter a consciência de agir contra o seu próprio corpo é algo maduro demais para uma criança, e por isso acho que "Songs to Aging Children Come" e *The Best Little Girl in the World* se complementam. É necessário ter certa maturidade, mesmo que mal direcionada e destruidora, para se maltratar tão fria e metodicamente. É um ato pesado e sombrio, assim como a melodia e as letras de Joni Mitchell. Essa música até hoje me dá um calafrio e mesmo assim é a minha favorita da Joni.

Acho que gosto de coisas que me fazem sentir algo a mais.

07 de junho, 2021

Minha mãe sempre me disse para dançar.

Essa é a memória mais proeminente que tenho dela.

Ela falando que tenho que dançar porque
tenho pernas lindas.

Ela falando que tenho que dançar porque tenho
uma boa noção rítmica.

Era sempre isso – odeio dizer que não acreditava nela.

Me achava (e ainda acho) desengonçada e feia
demais para dançar.

Me lembro de que as únicas vezes que dançava era
quando tínhamos visitas em casa e eu fazia as
coreografias da Madonna.

Devia ter uns sete ou oito anos de idade.

A primeira coisa que fiz quando consegui ficar
sozinha no dia que ela morreu foi colocar "Ray of Light"
da Madonna e dançar.

Fiz isso pela minha mãe e tento todo dia dançar (mesmo que
seja sozinha no meu quarto) em homenagem a ela.

O que importa é que ainda estarei dançando no final do dia.

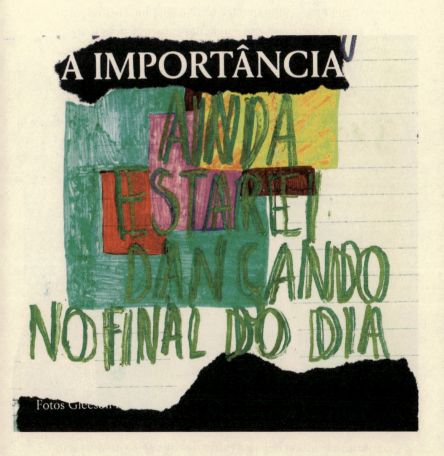

01 de novembro, 2022

Chegou na hora de confessar algo. Não será possível deixar isso quieto. Juro, tentei muito ignorar as diversas páginas dos diários sobre o assunto, mas sinto que não estou sendo honesta. Não se preocupe, não é nada como "tudo que disse é mentira". Acho que talvez seja até pior. Escondi algo que, para ser bem sincera, é uma das características mais definidoras da minha pessoa – e eu morro de vergonha desse meu lado. Não é sobre drogas, ok? É *Glee*. Pois é, sim. A série de televisão. Pode rir, eu sei que é meio engraçado.

Nossa, eu não paro de escutar Glee. Foi liberado todas as músicas no Apple Music. Tipo, todas. Holy shiit. Meu pai não gosta muito que eu fico me "apoiando" em Glee. Mas assim, acho que mesmo se mamãe não tivesse morrido, eu ainda estaria escutando nessa ocasião. TODAS as músicas. Merda. Acabou de começar "Faithfully". CARALHOOO, que dor. Gatilho total por milhares de razões. Literalmente tive que levantar para me acalmar e apreciar a música por um segundo. Passou.

O fato é que fui obcecada por *Glee* dos nove aos quinze anos – período bem importante para uma pessoa, sabe? Não sou médica, mas tenho quase certeza de que essa é a época mais importante para a formação das sinapses. Ou seja, estou totalmente fodida. O meu pai diz até que me comunico na mesma entonação dos personagens. É uma doença, na verdade. Por seis anos da minha vida, eu só me importava e sobrevivia por causa de uma série de televisão sobre adolescentes em um grupo de coral.

Tudo começou em 2009 – foi quando comecei a sofrer bullying. Estava me sentindo totalmente sozinha e isolada. É muito para a cabeça de uma criança tentar entender o porquê de um monte de gente, que deveria ser sua amiga, estar rindo de você e te dizendo coisas horrorosas de repente. Pois bem, um dia, estava no quarto do meu pai, usando minha camisola rosa-choque da Minnie Mouse. Me lembro perfeitamente. Estava prestes a ir ao meu quarto, quando meu pai me parou e disse "vai começar uma nova série musical, acho que você vai gostar". Não consigo imaginar o quanto ele se arrepende de ter pronunciado aquelas palavras.

MÚSICAS DE GLEE QUE SÃO BOAS PARA CACETE (EU TO FALANDO SÉRIO)

- You Spin Me Round (Like a record) · Season 6
- Teenage Dream · Season 2 & 4 be pvca it up!
- Never Can Say Goodbye · Season 2
- Americano / Dance Again · Season 4 — *eu não*
- Scream · Season 3
- Gives You Hell · Season 1 — *Mas supero, né*
- Jessie's Girl · Season 1
- Old Time Rock & Roll / Danger Zone · Season 4
- Will You Love Me Tomorrow / Head Over Feet · Season 6
- Paradise By The Dashboard Light · Season 3
- Gloria · Season 5 — *que meeerda!*
- We Will Rock You · Season 4 — *submisso*
- I Want To Hold Your Hand · Season 2 — *são*
- I'll Stand By You · Season 1 — *desde 2009*
- It's Not Unusual · Season 3
- Don't Stop Believin' · Todas as temporadas né kkkk
- They Long To Be Close To You · Season 6 ugh.
- Stop! In The Name Of Love / Free Your Mind · Season 2
- Ice Ice Baby · Season 1
- Whistle · Season 4 — *exuto mais*
- Try A Little Tenderness · Season 2 — *az vez-*
- Footloose · Season 4 — *zes de*
- Don't Dream It's Over · Season 4 — *glee!*
- Can't Fight This Feeling · Season 1

- Survivor / I Will Survive · Season 3 — *NUNCA*
- All You Need Is Love · Season 5 — *IREI SU-*
- Nasty / Rhythm Nation · Season 5 — *PERAR!*
- Every Breath You Take · Season 5
- Do You Think I'm Sexy? · Season 2
- Lean On Me · Season 1 — *espero não*
- How Will I Know? · Season 3 — *acaba*
- Do You Wanna Touch Me? · Season 2 — *fogando*
- Forget You · Season 2 — *parte 2 disso...*
- Something · Season 5 — *mas essa*
- Total Eclipse Of The Heart · Season 1 — *listo*
- Tightrope · Season 6 — *definitivamente*
- Daydream Believer · Season 6 — *não está*
- Uptown Girl · Season 3 — *completa. Só*
- Take Me To Church · Season 6 — *estou avi-*
- Gold Digger · Season 1 — *sando para*
- Don't Go Breaking My Heart · Season 2 — *aqueles*
- I Lived · Season 6 — *que talvez um*
- Rumour Has It / Someone Like You · Season 8 — *dia leiam*
- Take Me Home Tonight · Season 5
- Wanna Be Startin' Somethin' · Season 3 — *isso.*
- In My Life · Season 3 — *Nossa, fique*
- My Man · Season 2
- Dog Days Are Over · Season 2 — *Meio*
- Valerie · Season 2 & 5! — *triste...*

O que vi naquele dia foi o episódio piloto: cinco alunos de um high school estadunidense que são completamente mal compreendidos e zoados pelos seus colegas. Unidos pelo amor à música, eles entram no clube de coral e, assim, encontram uma amizade verdadeira e um sentido diante daquele sofrimento todo.

Sei que esse minirresumo pode soar dramático, mas foi exatamente o que senti, vendo a série pela primeira vez, aos nove anos. Não me lembro de ter me identificado tão rapidamente com personagens antes de *Glee*. Eu me via neles e, por causa disso, acreditei que tudo ficaria bem no final.

Glee, by it's very definition is about opening yourself up to joy....

Sim, my dear Amelie, eu finalmente comecei a reassistir Glee desde o começo. Fuck me. Mas eu to vendo com novos olhos. Sim, eu nunca choro. Mas chorar é bom, né? Eu acredito que sim. Eu choro todo dia. Believe it or not... Você vai totalmente believe it, né? ~~Eu~~ Bom, to no episódio 18 da 1ª temporada já. Em 3 dias. Uau. Tem coisa de que eu não me lembrava, então tá legal relembrar, sabe?

Claro, eu não gostei de *Glee* casualmente, igual a um ser humano normal. Logo depois de assistir ao primeiro episódio, eu surtei. Nunca mais esperei sair na Fox Brasil (via pela emissora dos Estados Unidos ilegalmente), antes mesmo até de sair o episódio da semana eu já baixava todas as músicas pelo LimeWire… Aliás, ficava noites em claro para ser a primeira a escutar as músicas e assistir ao vivo dos Estados Unidos. Era uma loucura.

EU TAVA PULANDO ENQUANTO ESCUTO GLEE ATÉ AGORA. TO FAZENDO ISSO DESDE ONTEM, NA VERDADE, MAS PRECISO SENTAR PARA ESCREVER.

Aos onze anos comecei uma conta no Instagram sobre *Glee* que acumulou trinta mil seguidores – eu usava um nome falso para os meus colegas de sala não me acharem. Lá, fazia um trabalho jornalístico completo. Além de editar as cenas, dava minha opinião e comentava tudo que havia acontecido com os personagens. E, obviamente, também informava meus seguidores sobre o que estava acontecendo na vida dos treze atores e atrizes da série. Era tudo editado e escrito à perfeição. E em inglês (tenho certeza de que foi ali que aprendi a falar a língua).

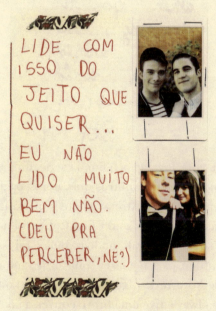

Tenho várias memórias marcantes com essa série. Aos doze anos, mandei uma carta para o Cory Monteith e a Lea Michele (os protagonistas) por meio de outra fã brasileira. Cory tuitou uma foto da carta. Isso até hoje é muito especial para mim, já que ele morreu um ano depois e sempre foi o meu favorito. Fico aliviada por saber que ele teve noção do quão importante foi para mim. (Estou quase chorando escrevendo isso, a coisa está séria.)

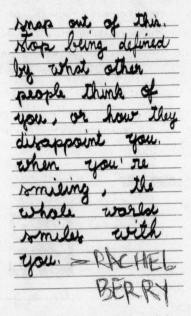

Em 2015, logo após o fim da série, fui para Nova York e consegui conhecer outros dois atores, o Chris Colfer e o Darren Criss. Eventos extremamente impactantes para mim até hoje. O encontro com Chris Colfer foi bem rapidinho – só um autógrafo no livro dele e foi isso. Foi o bastante, contudo, para me fazer soluçar de tanto chorar pelas ruas de Nova York. Alguns dias depois, vi o Darren Criss na Broadway e tive uma breve conversa com ele após o espetáculo. Minha irmã gravou tudo e eu tenho isso até hoje.

Também, teve a trágica vez em que participei de um leilão de *Glee* e gastei um pouco mais do que deveria em objetos do set. Consegui todo o kit de sanduicheira do episódio "Grilled Cheesus" (se você viu, saberá a importância), duas roupas da Brittany e o teclado da Rachel. Além disso, também tenho um pedaço do chão do auditório, que deram como comemoração do final da série, que comprei no e-Bay, e uma coleção quase humilhante de autógrafos do elenco inteiro. É muito dinheiro investido!

02/09/2020

Acho que não tem um sentimento melhor do que dançar Glee no meu quarto de manhã. Não sei como passei alguns anos sem fazer essa série, na minha pausa entre o término de Glee e a tragédia colossal, o que eu estava fazendo? Estava vivendo ou apenas existindo? Claro, acho que eu sou uma das únicas pessoas que consideram ouvir Glee como viver, mas dane-se. Todo mundo lida com luto e trauma de maneira diferente. A minha maneira foi retomar minha obsessão com Glee. Se quer um exemplo desse ato, por favor checar as duas últimas páginas. Outras notícias? Assisti um filme antigo sobre o Freud ontem e to levemente culpada por ter tomado um iogurte hoje de manhã. Mas respira. Não caia nessa armadilha. Já basta a de Glee.

E os momentos mais emocionantes. Me lembro de ver o meu pai chorando assistindo ao último episódio da primeira temporada, e por causa disso me libertei para chorar também. Acho que foi uma das únicas vezes, nesse tempo de bullying pesado, que baixei a minha guarda. Todas as outras, provavelmente, tiveram algo a ver com *Glee*. Esse episódio, aliás, ainda me faz chorar. Não importa quantas vezes eu já tenha visto, choro do começo ao fim. Já até falei dele aqui – é insano eu ter compartilhado essa vergonha.

Quando a minha tia começou a namorar uma mulher, eu achei normal porque isso acontecia em *Glee*. Quando estava prestes a repetir de ano por causa de matemática, a personagem considerada "burra" na série havia passado na faculdade, e isso me deu esperança. Toda vez que sofria bullying, chegava em casa e escutava a música original "Loser Like Me", da segunda temporada. São mil pedacinhos da minha cabeça que foram, basicamente, moldados pelo que acontecia naquela série. Eu percebia e me conformava com eventos da minha própria vida a partir de *Glee*, porque lá era o único lugar em que eu me sentia aceita. Não só me identificava com os personagens, como também achei uma comunidade online que gostava de mim, e se importava com o que eu tinha a dizer. Foi especial, e uma das coisas mais intensas que vivi nesses meus vinte e dois anos de existência.

    Tem mais mil outras coisas que poderia te contar… Sei que minha relação com esse seriado de televisão não é das mais saudáveis. Mas, de um jeito ou de outro, ele salvou a minha vida diversas vezes. Pode parecer meio bobo e trivial falar assim, mas é a verdade.

    Precisava deixar isso claro para você. Continuemos nossa narrativa.

09 de junho, 2021

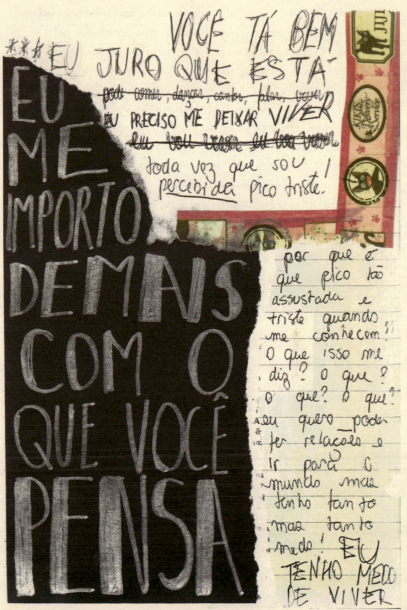

Tenho muita dificuldade de deixar alguém me conhecer, mas não do jeito usual de não deixar uma pessoa saber nada sobre você. Sou bem aberta, se for para ser honesta. Contei a minha vida inteira para um atendente da Urban Outfitters, há uns quatro meses enquanto comprava um par de óculos, por exemplo. Faço isso toda hora. Fico nervosa e falo demais.

O problema é o resultado desse oversharing, sabe? Se a pessoa fica horrorizada e sai correndo – ótimo! Porém, se a pessoa começa a querer me conhecer mais, fico com ódio. Odeio ser percebida e levada em consideração. Me sinto um lixo e fico com raiva de quem gasta seu tempo comigo.

E tem a tristeza. Como é que esse ser humano pode ser tão estúpido a ponto de não perceber que é uma cilada achar que sou interessante o bastante para fazer parte da vida dele? É tão idiota e inocente e horrível. Fico muito triste.

Não sou o tipo de difícil que vale a pena. Sou manipuladora, complicada, intensa e cansativa. Não manipulo de propósito, mas já me falaram que acontece. Me importo demais com todo mundo ao meu redor, o que me torna sufocante. Preciso me isolar de tempos em tempos. Fico calada de repente, ou falo demais. Quando falo muito é normalmente sobre um assunto específico demais, e com detalhes demais para ser agradável. Sou uma atriz de cinema mudo, está sempre exposto no meu rosto o que estou sentindo. Fico emburrada com facilidade e não dá para disfarçar. Sigo regras e rotinas estipuladas pela minha cabeça, e não aceito quebrá-las. Não gosto de me sentir excluída. Preciso escutar música vinte e quatro horas por dia. Tenho um senso de ridículo muito aguçado, e isso me deixa desconfortável facilmente. Sou chata para um cacete e não quero que ninguém perceba isso.

12 de junho, 2021

ARRUINANDO MAIS O QUE JÁ
ESTÁ DESTRUÍDO PORQUE
JÁ ~~DEIXE~~ ME CANSEI
DA BAGUNÇA DOS OUTROS
E QUERO FAZER A
MINHA. EU QUERO
ASSUMIR CONTROLE
DE COISAS QUE NÃO
PODEM SER CONTROLADAS.

16 de junho, 2021

Me lembro de esconder esses pacotinhos no fundo de uma bolsa. Me lembro de tomar um desses depois de toda refeição. Eu sabia que estava me machucando, mas não fazia ideia de como arranjar força de vontade para parar com isso. Tem alguma coisa sobre começar a se machucar que faz você querer ir até o seu limite. Sempre um pouco mais longe. Aos pouquinhos você chega lá. Não me sentia bem se minha barriga não estivesse doendo de fome ao final do dia. Não parava de me exercitar até sentir que estava prestes a desmaiar. Tento não fazer mais isso. Aos pouquinhos você chega lá.

20 de junho, 2021

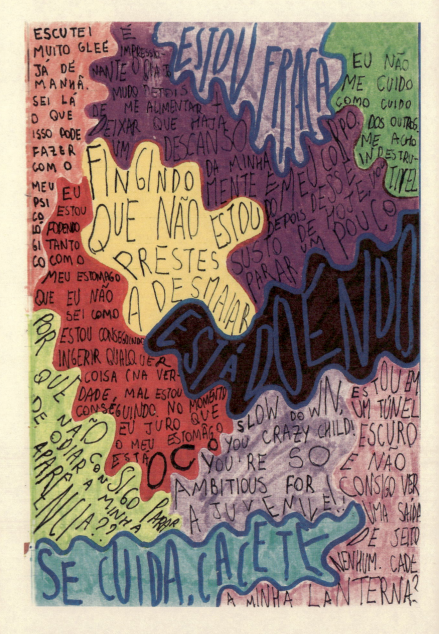

3o de junho, 2021

03 de julho, 2021

EU ACHO QUE TENHO MUITOS SENTIMENTOS E POUCOS LUGARES PARA DESPEJÁ-LOS, ENTÃO, SONHO SONHO SONHO... NÃO SEI SE UM DIA A MINHA VIDA VAI ESTAR COMPLETA O BASTANTE PARA QUE NÃO SEJA MAIS PRECISO SONHAR.

08 de julho, 2021

* "Sound of Silence", Simon & Garfunkel.

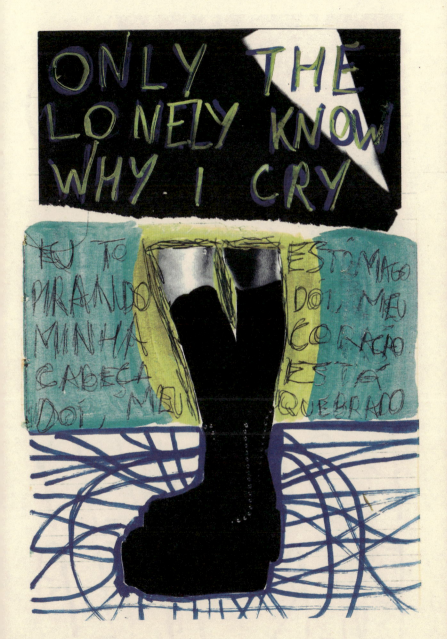

* *"Only the Lonely"*, Roy Orbison.

AND SHE LIVED HOPEFULLY EVER AFTER

fim

12 de novembro, 2022

Te levei até onde eu poderia. Minha vida mudou muito desde julho de 2021 – e se foi para melhor ou pior, não importa tanto. É horrível acabar assim esse tipo de coisa, não é? Um livro, quero dizer. Não sei se te contei tudo aquilo que deveria. Não sei se te contei mais do que deveria. Não sei se você gosta de mim ou se me odeia.

E, pior, não faço ideia de como me despedir. Parte de mim não quer fazer isso. De uma forma ou de outra, você foi meu amigo, talvez o mais próximo dos últimos tempos. Você me escutou e isso foi muito bom. Sou grata. Espero que tenha sido positivo para você também. Odiaria ser uma enorme perda de tempo para você. Esse é o meu maior medo.

Tem tanta coisa que ainda queria te contar. Mas não faria nenhuma diferença. Seria tipo aquelas conversas de amigos que não se veem há muito tempo, em que vou te contando novidades da minha vida. Não quero que esse livro vire uma grande fofoca. Quebraria totalmente o que tentei fazer aqui.

Tentei fazer com que você se sentisse menos sozinho. Ontem, assisti a um vídeo da Adrienne Shelly falando que as narrativas mais específicas são as mais universais. Ela era muito inteligente, e gostaria de ter visto muito mais do que ela poderia nos dizer. Enfim, essa fala bateu bem forte em algo dentro de mim. Pensei: "É, é isso que quero fazer." Senti, pela primeira vez com toda certeza do mundo, que talvez esse trabalho não tenha sido uma merda narcisista e inútil. O quão ridículo seria se tivesse passado esse tempo todo escrevendo algo que só faria sentido para mim? Não, isso seria um final trágico. Não quero um final trágico.

Que final eu quero? Bom, quero um final em que o mundo pareça um pouco menos assustador. Um mundo onde eu e você possamos andar na rua com a clareza de que não estamos sozinhos nesse planeta, de que, em algum lugar, existe alguém que nos entende. Não só que entende, mas que também simpatiza com a nossa realidade. É esse o final que eu quero – um em que eu possa respirar um pouco melhor, sem o medo de ser julgada. Um em que você, também, possa respirar.

É por isso que o ser humano sente a necessidade de compartilhar, não? Porque precisa de uma validação externa. Talvez esse nem seja o termo certo. O que quero dizer é que precisamos da consideração dos demais para sobreviver. Precisamos, em algum ponto da nossa vida, ter um momento de "ufa, posso ser quem sou", sabe? Espero ter te proporcionado isso. Não espero que você tenha se identificado comigo em todos os aspectos, e sim que, ao ler minhas baboseiras honestas, você se sinta bem o bastante para libertar a sua própria verdade.

Será que estou sendo prepotente demais? Será que alguém vai se dar ao trabalho de ler toda essa viagem louca e exagerada pelos meus pensamentos? Ou este livro será só mais um motivo para me odiar? Agora já fui longe demais para me preocupar com essa possibilidade.

Olho para o meu reflexo e me pergunto se a minha autoestima melhorou desde que comecei a escrever este livro. Não consigo achar a resposta. Ainda odeio ser percebida como um ser humano, ainda não gosto do meu corpo e ainda tenho problemas aceitando o que penso como algo valioso. Tenho pena e ódio de quem me dá o mínimo de atenção. Não me acho, de qualquer maneira, alguém que se provou merecedora da vida.

Mas algo mudou. Talvez me sinta mais livre, como se agora pudesse falar e ser qualquer coisa, mesmo não sentindo que isso faça a diferença. Permiti que qualquer um visse o meu pior – o que existe de mais obscuro e mais honesto no meu ser. Contei para você mais do que falei para a minha terapeuta, para os meus amigos e a minha família juntos.

Não sei o que vem agora, mas tenho um novo entusiasmo para descobrir do que sou capaz. A vontade de seguir em frente ainda não está completamente formada nem pronta para entrar em funcionamento, mas um leve instinto de contentamento com o presente e com o futuro começou a brilhar no meio de tanta escuridão. É como se surgisse uma nova certeza na vida: ainda não estou pronta para deixá-la, ainda não fiz o bastante para poder ir embora.

Seja o que for, ainda não contei tudo aquilo que posso contar a este mundo.

epílogo

29 de setembro, 2023

Faz mais de um ano que escrevi este livro. Muita coisa mudou e, já que te considero um amigo depois de tudo que passamos juntos, quero te contar um pouco de como está a minha vida desde então.

Eu ainda tenho medos adolescentes e medo de adolescentes (o que é um problema já que meus dois irmãos mais novos estão nessa fase horripilante); aumentei bastante a minha quantidade de remédios, mas toda vez que meu pai reclama sobre respondo que foi ele (um maníaco-depressivo) que decidiu ter uma filha com minha mãe (outra maníaco-depressiva); minha insônia tem piorado bastante; numa súbita vontade de ser outra pessoa, fiz mechas brancas no cabelo; tenho oficialmente um mullet e, mesmo assim, ainda me sinto julgada pela comunidade alternativa de São Paulo; agora faço TikToks e, de vez em quando, recebo comentários de pessoas alegando serem "meio Cecilia" (o que faz com que eu me sinta menos sozinha); descobri que a melhor maneira de se sentir confiante dançando na frente dos outros é fingindo que você é uma personagem do David Lynch; me reaproximei da minha irmã Teté, a ponto dela estar em um grupo de WhatsApp comigo e meus amigos; as amigas da minha irmã de 15 anos me acham descolada (acho que é porque tenho o mesmo vício em Taylor Swift que elas – mas tenho carteira de motorista e posso beber legalmente); parei de jantar mais uma vez e estou me exercitando com um exagero louco – tenho ouvido que emagreci (fico feliz); cortei algumas pessoas tóxicas da minha vida e me aproximei de quem vale a pena; descobri que trabalhar em revistas de moda não é para mim (igual à Anne Hathaway!); dei bola para quem não merecia e me sacaneei no processo; descobri que existem muitos mitomaníacos por aí, já contei mais de dois no meu círculo social; assisti a uns duzentos filmes (alguns pela milésima vez, outros diversos tive a oportunidade de conhecer); continuo com minhas hiperfixações (talvez com níveis de intensidade diferentes – passei por uma fase preocupante de só escutar Oasis por uns dois meses este ano); percebi que amadureci um pouco (relendo este livro que você acabou de ler), mas que também continuo a mesma; me queimei feio na praia por dormir no sol e, mesmo depois de três meses, ainda estou com marquinha; comecei a ter uma pequena obsessão por aulas temáticas de spinning (cheguei em quarto lugar na aula da Britney Spears, me orgulho disso); tentei parar de roer as unhas diversas vezes, nenhuma foi bem-sucedida; chorei por muita bobagem; chorei por muita coisa séria; não quis existir.

Quero dizer, ainda não quero existir. Não sei quantas vezes durante este ano sonhei em não estar aqui neste planeta. Falei isso para a minha nova psiquiatra, Dinah, recentemente. Era a nossa quinta sessão, e ainda não havia tido coragem de contar para ela. Chega a ser engraçado, porque aqui, em menos de uma página, eu já tinha deixado isso bem mais explícito e óbvio do que qualquer pessoa gostaria de escutar.

Em vários momentos editando este livro quis implorar para a minha editora esquecer de tudo, jogar este projeto no lixo e procurar algum outro escritor mais talentoso e interessante do que eu. Ou, se isso não fosse possível pelo contrato, que me deixasse reescrever tudo. Quem sabe assim eu me transformaria em algo novo e bem mais legal do que aquilo que coloquei aqui. Me reinventar. Criar uma personagem tão incrível e apaixonante e divertida que amanhã a Netflix baterá à minha porta implorando para eu ser a mais nova estrela deles. Fazer uma fanfic de mim mesma. Afinal, sempre preferi a ficção à vida real – teria sido muito mais fácil criar um ser celestial inexistente do que foi todo esse processo excruciante de ler as bobagens que escrevi num caderninho e refletir sobre elas.

Falei demais. Me expus demais. Vão me odiar. Ou vão sentir pena de mim. Ou os dois. Vão falar que não tenho nada do que reclamar, que sou uma idiota narcisista louca por achar que alguém teria interesse em algo tão pessoal quanto os meus diários. Nada disso é mentira. Ou talvez seja, mas a minha cabeça não parou de berrar essas acusações para mim nos últimos meses. O medo de existir arde, e lançar um livro é a prova mais concreta da minha existência até agora. Anos e anos depois disso, quando eu já não estiver mais aqui, alguém vai pegar este livro e saber que um dia fui alguém.

Acho que um epílogo como este pode estar estragando a mensagem positiva que originalmente escrevi. Quero dizer, acabei de te contar que ainda tenho pensamentos suicidas e, além disso, que meu distúrbio alimentar voltou com tudo. E, pior ainda(!), falei que o livro que você acabou de ler deveria ir para a lixeira. Me desculpa por isso. Talvez tenha colocado tudo isso para fora só para dar uma última lição de moral, como um conto de fadas dos irmãos Grimm: o ser humano é volátil para um cacete e a vida é muito boa mas também é uma merda. Sei que é óbvio, mas demorei para entender que a minha existência não é uma linha reta. Enfim, não vou me exceder e tentar te explicar isso porque esse não é meu papel. Vai ler Bauman, ou algo assim.

Só queria te agradecer por me aguentar, por um livro todinho, falando que agora somos melhores amigos para sempre e te confirmar que nada é para sempre. Sei que vou mudar – se é para melhor ou pior, não faço ideia. Você também vai mudar e, por mais que isso machuque, não tem como a gente evitar que isso aconteça. Não sei você, mas eu já passei tempo demais fugindo dessa verdade.

Ah, imagino que tenha percebido que acabo meus diários com a mesma frase: "And she lived hopefully ever after." É a frase final do filme do Bob Fosse chamado *Sweet Charity*, de 1969. É um dos meus favoritos: conta a história de uma puta que sonha em encontrar o seu verdadeiro amor. A última cena mostra ela sozinha, arrasada e com o coração partido em um parque em Nova York. Um grupo de hippies se aproxima a presenteia com uma florzinha e deseja um bom-dia. Ela sorri e sai andando e desejando "bom-dia" para todo mundo que encontra. Por fim, aparece a frase na tela. Fade out, c'est fini. Esse é o desfecho que sempre quis. Não algo totalmente positivo, mas que dê algum tipo de esperança – é assim que é a vida, não é?

Então, sem mais delongas, por uma última vez: "And she lived hopefully ever after."

and she lived hopefully ever after

A primeira edição deste livro foi
impressa em novembro de 2023.
*
Este livro foi composto em Didot, corpo
10/14,7. A impressão se deu sobre papel
off-white nas oficinas da gráfica Plena Print
para a EDITORA RECORD LTDA.